Alexander Kronenheim

Der Dämon

Bibliografische Information der Deutschen Nationalbibliothek:
Die Deutsche Nationalbibliothek verzeichnet diese Publikation in der Deutschen Nationalbibliografie; detaillierte bibliografische Daten sind im Internet über http://dnb.dnb.de abrufbar.

Herstellung und Verlag: BoD – Books on Demand, Norderstedt

ISBN: 9783738647693

Kapitelübersicht

1. Kapitel
Der Burgturm

An dem Ufer eines breiten Flusses, der seine dunkelgrünen Wogen rasch und brausend dem Meer entgegen rollte, lag vor vielen Jahren auf dem Gipfel eines mäßig ansteigenden Hügels ein großes, geräumiges Schloss. Seine Zinnen, seine Türme und Türmchen waren uralt; der Zahn der Zeit hatte an ihnen genagt, und Regengüsse und Stürme waren nicht seit Jahrhunderten vorüber gezogen, ohne bemerkbare Spuren ihres zerstörenden Waltens zurückgelassen zu haben. Dennoch ragte es gewaltig in die Höhe und beherrschte weithin das umliegende Land. In dem Schloss wohnte ein alter Ritter, der auf den Namen Guntram hörte, mit seinen drei jugendlichen Söhnen.

Von dem alten Guntram wurden gar seltsame Geschichten erzählt, und seine Burgmannen und Untertanen näherten sich ihm nur in scheuer Ehrfurcht, obwohl er niemals jemand schalt oder züchtigte. Die einzige Strafe für ein Vergehen bestand in einem zürnenden Blick aus seinen großen blauen Augen; aber der Blick zermalmte schier jeden Schuldigen, so seltsam gewaltig blitzte und flammte er unter den dichten, schneeweißen Augenbrauen hervor. Dazu kam, dass Jeder sein Vergehen auf irgendeine seltsame Weise dennoch büßen musste. Hatte ein Dienstmann seine Pflichten vernachlässigt, so traf ihn der zürnende Blick Guntrams und am gleichen Tag noch begegnete ihm auch ein Unfall. So stürzte er beispielsweise vom Ross und brach sich ein Arm oder Bein, oder es verletzte ihn ein unversehens vom Dach herabstürzender

Ziegel, oder ein Hund biss ihn oder es schlug ihn ein wild gewordenes Ross. Immer konnte der Schuldige sicher sein, dass er der verdienten Strafe nicht entrinnen würde, selbst wenn er sein Vergehen in der einsamsten und tiefsten Verborgenheit ausgeübt hatte. Dazu kam, dass die ältesten Leute im Schloss und der Umgegend mit aller Ernsthaftigkeit behaupteten, dass dem Ritter Guntram weder die Zeit noch Alter das Geringste anhaben könnten. So wie er heute aussieht, meinten sie, habe er schon vor hundert und mehr Jahren ausgesehen, und es wurde vermutet, dass er einen Pakt mit dem Gevatter Tod abgeschlossen haben muss, da dieser unerbittliche Feind des Lebens es nicht wagte, auch nur ein Haar auf seinem Haupt zu krümmen, oder den Runzeln auf seiner hohen Stirn eine neue hinzuzufügen. Mehr aber noch, als über dies alles, schüttelten sie die Köpfe darüber, dass Ritter Guntram zuweilen Gespräche mit unsichtbaren Dämon hielt, die, wie alle wussten, oder doch glaubten, in einem alten Turm des weitläufigen Schlosses ihr geheimnisvolles Wesen trieben.

Dieser Turm lag abseits von den übrigen Gebäuden der Festung am Ende des Burggartens, und war rings umwuchert von immergrünen Tannen und Fichten, von dichten Dornhecken und rankenden Schlingpflanzen. Düster ragten seine wettergebräunten Zinnen über die Kronen der Bäume hinweg. In den engen, vergitterten Fenstern nisteten Dohlen, Falken und anderes Vogelzeug, und dichte Schwärme von Raben flatterten kreischend auf, wenn sich ein ungebetener Gast sich dem gespenstischen Turm näherte. Aber nur selten wagte sich ein Vorwitziger in seine

Nähe, und noch niemals, so lange man zurückdenken konnte, war es irgendjemanden gelungen, durch das wild verschlungene Gestrüpp bis an den Eingang des Turmes vorzudringen. Die spitzen Dornen zerrissen das Gewand eines jeden Eindringlings in tausend Stücke und Fetzen; sie schnitten tief in sein Gesicht und die Hände ein, und konnten ihn sogar des Augenlichtes berauben, wenn dieser nicht rechtzeitig den Rückweg suchte. Die Raben kreischten, die Eulen schrien, die Dohlen flatterten und klatschen mit den Flügeln, und die kühneren Falken hackten mit ihren Schnäbeln nach dem Kopf des Neugierigen. Aber schlimmer als das alles war aber Guntrams Blick und damit verbunden die Strafe, die dem vorwitzigen Versuch folgte. Unabwendbarer Tod war immer die Buße für dieses Vergehen gewesen. Da hütete sich denn ein jeder, seiner Neugierde nachzugeben, und ging dem düsteren Turm lieber weit aus dem Weg.

Es war Winter. Draußen rauschte der Sturm auf brausenden Flügeln über die erstarrte Erde, und wirbelte Schneeflocken über das Land weit umher. Die Wölfe heulten im nahen Wald und die Füchse bellten; im Innern von Herrn Guntrams Festung aber war es ruhig und still. Die Zugbrücke war aufgezogen, das mächtige Tor fest verriegelt und verschlossen, und nicht einmal eine Wache schritt auf den Mauerzinnen erzklirrend umher. Die Rüden lagen eng zusammengekauert in den Hundehütten, die Pferde standen regungslos in den Ställen, und kein Geräusch war auf dem Burghof zu vernehmen, nur das Heulen und Pfeifen des Windes, der machtlos gegen die festen Steinquadern der Türme und Mauern anstürmte.

In den untern Räumen und Gemächern der Burg hielten sich die Dienstmannen auf, leerten plaudernd mächtige Humpen schäumenden Bieres, und lauschten auch aufmerksam und gespannt den Erzählungen und Geschichten eines alten Mannes, der seit langen, langen Jahren schon auf der Festung heimisch war, und von dem Ritter Guntram und dem geheimnisvollen Gespensterturm viel Grauenhaftes und furchtbar prächtiges zu berichten wusste. Dabei aber hüteten sie sich, Geräusche zu machen; denn in der hohen und geräumigen Waffenhalle über ihnen saß Ritter Guntram mit seinen Söhnen, und sie wussten, dass der alte Herr weder Lärmen noch Poltern ertrug. Und genau am heutigen Tag vielleicht am wenigsten.

Still und ernsthaft saß Ritter Guntram gerade aufgerichtet auf einem großen, ledergepolsterten Lehnstuhl an dem oberen

Ende des massiven, eichenen Tischs, welcher fast die ganze Länge des Waffensaals einnahm. Ehrwürdig war er anzusehen mit seinem greisen Locken, welche dicht und voll von seinem stattlichen Kopf über die Schultern hinab wallte, in den dichten Bart hinein, der silberglänzend Kinn und Lippen umkräuselte. Eine lange Reihe von Jahren war über seinem Haupt dahin gegangen, aber die Zeit hatte es nicht vermocht, weder seinen Nacken zu beugen, noch die sanfte Röte der Gesundheit von seinen Wangen zu verwischen. Ein rüstiger Greis war er, und glich einer uralten von Wettern umstürmten Eiche, die noch immer trotzig ihren belaubten Wipfel gen Himmel streckt, wenn neben und um ihr die jüngeren blühenden und wachsenden Geschlechter in den Staub dahin sinken und vergehen.

Ernsthaft saß er da, und warf keinen Blick weder auf den funkelnden Wein, der im goldenen Becher vor ihm auf dem Tisch stand, noch auf die lodernden Lichter, die mit hellem Schein die Halle erleuchteten, noch auf die glänzend polierten Waffenstücke, die rings von den Wänden herabschimmerten, noch auch auf die drei Jünglinge, seine Söhne, die lautlos neben ihm saßen und es nicht wagten, das tiefe Sinnen des Vaters durch das leiseste Geräusch zu unterbrechen. Und doch sahen alle drei kühn und mutig drein, gerade so, als ob sie sich nun und niemals vor einem Feind, egal ob Mensch oder Raubtier, gefürchtet hätten.

Alle ähnelten sich sehr, und ihr eigener Vater hätte sie kaum voneinander unterscheiden können, wenn nicht die Farbe ihrer Augen und ihrer Gewänder verschieden gewesen wäre. Sie waren Drillinge, und hatten also alle in ein und derselben Nacht das Licht der Welt erblickt, und zwar gerade in der Silvesternacht und an einem Sonntag. Ihre Mutter ruhte schon längst im tiefen, stillen Grab, und sie konnten sich ihrer kaum erinnern. Für den Vater aber empfanden sie die innigste Liebe, obgleich sie sehr seinen Zom scheuten, und stets mit kindlicher Ehrfurcht zu ihm aufblickten.

Verschieden, wie die Farbe ihrer Augen, waren auch der Sinn und das Gemüt der drei Jünglinge. Sintram, der Erstgeborene mit dem dunkel glühenden schwarzem Auge und dem strahlenden Herrscherblick, fand seine höchste Lust im Spiel mit den schweren Ritterwaffen und im Reiten der unbändigsten und wildesten Rosse. Schon in frühester Kindheit, als ihn noch die Amme auf dem Arm trug, hatte er schon die kleinen Händchen nach den Schwertern und Harnischen, die von den Wänden der Halle herabfunkelten, ausgestreckt, und fröhlich gejault, wenn der Vater ihn mit dem Griff seines Dolches oder mit den Federn seines Helmes spielen ließ. Als er laufen und plaudern lernte, ruhte er nicht, bis ein eigens für ihn geschmiedete Schwert an seiner Hüfte klirrte, ein leichter Panzer seine zarten Glieder deckte und ein kleines, aber mutiges Pferdchen für ihn im Stall wieherte. Von früh bis spät übte er sich in den Waffen und im Reiten, und bereits als Jüngling gab es keinen im ganzen Land der es mit seiner Geschicklichkeit, Stärke und Heldenmut hätte aufnehmen können.

Wolfram, der jüngere Bruder, braunen Auges und nicht minder kampfdurstigen Gemütes als Sintram, hatte seine rechte Freude an glänzenden Edelsteinen und goldschimmernden Gewändern und Schmuck, und war er auch nicht weniger tapfer und mutig, als seine Brüder, aber nicht so waffengeübt wie der Älteste.

Kattwald aber, aus dessen rosigem Antlitz die blauen Augen so mild und friedlich heraus leuchteten ähnlich einem Paar glänzender Sterne, hatte ganz das fromme und milde Wesen der Mutter geerbt. Wenn seine Brüder sich draußen auf dem Burghof ober im weiten Zwinger umhertummelten, saß er still in einem der hohen Spitzbogenfenster der Burg und las in bunt und herrlich gemalten Pergamenten, die er von den gelehrten Mönchen von einem nahen Kloster erhielt, und vertiefte sich in die Weisheit längst verstorbener, alter Geschlechter. Früher wäre er am liebsten ein Mönch geworden, um ganz ungestört über seinen Schriftstellern brüten zu können, aber sein Vater wollte es damals nicht zugeben und bedrängte ihn sogar mit seinem ganzen Zom, wenn er nicht die Sehnsucht nach den düsteren Zellen und Kreuzgängen des Klosters mit festem Willen unterdrücken würde. „Sei fromm und gottesfürchtig," hatte Ritter Guntram gesagt, „aber diene dem Herrn nur in dem von ihm gebauten Kloster, das heißt in der herrlichen, prächtigen Welt, die wie ein reicher, blühender Garten vor dir ausgebreitet liegt. Da bete ihn an, und er wird Dein Gebet erhören. Du bist zu etwas Besserem auserkoren, als zu einem müßigen und finsteren Schwärmer oder Träumer."

Kattwald nahm sich diese Worte zu Herzen und vergaß seine Sehnsucht, oder bewältigte sie. Er verbrachte ganze Tage in den Wäldern, streifte in der Natur umher, wo er die Wunder der Pflanzenwelt mit sinnigem Gemüt fleißig erforschte, oder dem Gesang der Vögel lauschte. Er beobachtete auch das Treiben der Tiere, die mit der Zeit fast gar keine Scheu mehr vor ihm hatten. Selbst die wildesten und schreckhaftesten Geschöpfe flohen nicht vor ihm davon, und es war, als läge ein wunderbarer Zauber in seinen blauen Augen: denn wenn er irgendein Tier sanft und fest anblickte, so blieb es, anstatt vor ihm zu fliehen, geduldig stehen und schmiegte sich ganz gehorsam und demütig zu seinen Füßen nieder. Rehe und Hirsche, Bären und Wölfe, der starke Auerstier und der listige Fuchs, alle kannten den Klang seiner Stimme und gehorchten seinem Ruf, wenn er hell und laut durch die stille Waldung erscholl. Glaubt aber nur nicht, der Kattwald wäre nur so ein bloßer Träumer gewesen! Er schwang sein Schwert und verstand sein Ross so gut zu reiten wie seine Brüder, wenn auch nicht so gewaltig wie sie.

War er doch des alten Ritter Guntrams Sohn, wo sich solch ein Können ganz von selbst verstand.

Sintram trug ein feuerrotes Wams mit schwarz und goldener Stickerei; Wolfram ein purpurfarbenes, geschmückt mit Edelsteinen; Kattwald ein blaues, ohne weitere Zierrat.

Die Jünglinge schauten einander an und dann den Vater, der so nachdenklich und unregsam da saß, wie ein steinernes Bild. Sie schüttelten verwunderungsvoll die Köpfe, und gaben sich dann wieder ihren eigenen Gedanken hin, lauschend auf das Wehen des Sturmes draußen und auf das Klirren der Fenster, oder auf das Knistern und Knattern eines mächtigen Feuers, das lustig im Kamin loderte und eine behagliche Wärme im Raum verbreitete.

So verging eine lange Zeit. Das Feuer im Kamin erlosch und Kattwald stand auf, um es von neuen anzuschüren. Das leise Geräusch seiner Schritte erweckte den alten Ritter Guntram aus seinem Sinnen; er schlug die Augen auf und schaute umher.

„Kattwald." sagte er mit tiefer Stimme zu seinem Sohn, der gerade ein paar knatternde Tannenscheite in die noch glimmenden Kohlen geworfen hatte, „Kattwald, setze dich zu uns, ich habe ein ernstes und wichtiges Wort mit Euch zu reden."

Kattwald kam sogleich und nahm seinen Platz wieder ein. Die Jünglinge lauschten gespannt auf die feierliche Rede des greisen Vaters.

„Meine Söhne," sprach Ritter Guntram, „diese Nacht ist eine hochgewaltige und bedeutsame Nacht, besonders für Euch, da ihr genau heute vor zwanzig Jahren mit eurem ersten Schrei die Welt begrüßt habt.

Ihr habt das Alter erreicht, in welchem der Dämon unseres Hauses Eurem Willen dienstbar sein muss, und noch heute werdet Ihr ihn erblicken."

Die Jünglinge saßen da in atemloser Erwartung, denn nun hörten sie direkt aus dem Mund des verehrten Vaters, dass die die Sage über das übermenschliche Wesen, tatsächlich stimmte. Sintram und Wolfram vernahmen die Nachricht mit blitzendem Auge und geröteter Wange, Kattwald aber blickte nachdenklich vor sich nieder und schaute eher betrübt als freudig aus. Ritter Guntram sprach wieder:

„Seit langen Jahrhunderten schon gibt es den Dämon in der Burg unserer Väter, aber mehr zu unserem Verderben, als zu unserem Glück. Unser erster Ahnherr, gewaltigen Zaubers mächtig, zwang und bannte ihn in jenen Turm, der, von Dornen und Tannen umwuchert, drüben im Burggarten düster in die Höhe ragt. Jedem Abkömmling unseres Geschlechtes muss er einen Wunsch erfüllen und erfüllt ihn. Aber wehe dem, der nicht prüft und überlegt, ob auch der Wunsch zu seinem Glück führen könnte. Denkt genau über das nach was ihr begehrt, meine Söhne. Ehe eine Stunde vergeht, müsst Ihr euren Wunsch aussprechen. Hütet Euch aber vor zu großer Hast, denn das Wohl und Wehe Eures ganzen Lebens hängt von dieser Entscheidung ab."

„Vater, was ist da lange zu überlegen!" rief Sintram. „Mein Herz begehrt nach Macht und königliche Herrschaft. Ich werde mir einen Königsthron wünschen zu meinem Glück."

„Ich darf dich nicht in Deiner Entscheidung beeinflussen und darf dir auch nicht raten, mein Sohn." entgegnete Ritter Guntram, während eine dunkle Wolke auf seiner Stirn schwebte. „Mögest Du Dein Glück finden, wo Du es suchst."

„Ich strebe nicht nach Herrschaft und Macht," sagte Wolfram; „aber ich möchte mein Auge an unermesslichen Schätzen ergötzen und mir deshalb Gold und edles Gestein wünschen. Ich werde mir so viel davon wünschen, dass ich mehr Reichtum besitze, als alle Fürsten dieser Erde. Ich werde im Reichtum mein Glück finden."

„Gott gebe, dass Dein Wunsch zu deinem Heil wird," sprach Ritter Guntram mit düsterem Blick; „ich aber habe noch keinen gesehen, den irdische Schätze beglückt hätten ohne ein demütiges Herz."

Wolfram schwieg, und dachte kurz über die Worte des Vaters nach. Die leise Warnung desselben ging jedoch unter in der Begier der Leidenschaft.

„Was aber wirst Du Dir wünschen, mein Sohn Kattwald?" fragte Ritter Guntram, mit liebevollem Blick das sanfte und schöne Antlitz des Jünglings betrachtend.

Kattwald schlug sein tiefblaues Auge auf, und erwiderte sanft: „Vater, mir graut es vor dem Dämon, und deshalb habe ich Gott um seinen Rat gefragt und um seine Hilfe gebeten in dieser schweren Stunde. Ich habe ihn angefleht, mein Geist zu erleuchten und mir den Weg zur richtigen Entscheidung zu zeigen. Aber der Vater im Himmel hat mir keinen Wunsch in die Seele gelegt, und deshalb will ich hinab gehen in die Kapelle gehen, am Altar niedersinken, und nochmals andächtig meine Gedanken an ihn richten.

„Gehe hin, mein Sohn, und bete." sagte mit freudiger Rührung Ritter Guntram. „Ich glaube, Du hast das beste Teil erwählt, und es liegt mir fern, dich an deinem frommen Vorhaben zu hindern."

Kattwald erhob sich, und nachdem er mit kurzer Verneigung den Vater und die Brüder begrüßt hatte, schritt er langsam aus der Halle und ging die breiten steinernen Stufen hinab in die Burgkapelle. Dort sank er am Altar auf seine Knie, begrub sein Gesicht in den Händen, und betete inbrünstig. Der Sturm brauste gegen die gemalten Scheiben, und erschütterte sie gewaltig, so dass sie klirrten. Kattwald aber vernahm nichts von dem Aufruhr in der Natur, denn er lauschte der Stimme des Allmächtigen.

Etwa zur zwölften Stunde in der Nacht, zuckte ein blendend heller Blitz über das Himmelsgewölbe und ein Donnerschlag erscholl, dessen furchtbares Rollen die Grundfesten der Burg in ihrem Tiefem erschütterte. In diesem Augenblick trat

Kattwald wieder in die Halle. Die Züge seines Angesichts zeigten weder Zweifel noch Zeichen der Besorgnis. Sein Auge glänzte hell und eine mehr freudige Ruhe strahlte aus ihm. Er war im Begriff, seinen Platz am Tisch wieder einzunehmen; Ritter Guntram aber erhob sich von seinem Lehnstuhl, und sagte ernst: „Meine Söhne, die Stunde ist da. Folgt mir."

Und hoch aufgerichtet schritt der stattliche Greis voraus, öffnete eine Tür, von deren Dasein die Jünglinge noch nie etwas bemerkt hatten, und stieg eine schmale in der Wand verborgene Treppe hinab in den Burggarten. Mit pochenden Herzen und bleichen Gesichtern folgten Sintram und Wolfram. Kattwald aber ging erhobenen Haupts neben ihnen, und nicht der leiseste Schatten heimlichen Grauens umwölkte seine weiße, hohe Stirn.

Sobald Ritter Guntram den Burggarten betrat, legte sich der Sturm, die Schneeflocken wirbelten nicht mehr vom Himmel, und der wilden Empörung in der Natur folgte eine tiefe, durch keinen Laut unterbrochene Stille. Glänzend und klar stand der Mond am Himmel, und erleuchtete die Erde mit seinem lieblichen Schimmer. Der Schnee hatte sich über den Garten gebreitet, wie ein weißer, fleckenloser Teppich, und über ihn hinweg schritt Ritter Guntram mit seinen Söhnen dem gespenstischen Turm zu. Vor der undurchdringlichen Dornenhecke blieb er stehen, und murmelte einige leise Worte. Und kaum hatte er sie gesprochen, so wich plötzlich, wie von tausend unsichtbaren Händen hinüber und herüber gebogen, das verworrene, dicht in einander verschlungene Gestrüpp auseinander und eine breite Gasse öffnete sich, welche einen freien Weg zur Pforte des alten Turmes darbot. Zugleich aber rauschte mächtiger Flügelschlag. In dem schmalen Fenster und auf der verwitterten Zinne des Turmes regte es sich, und schreiend, krächzend, heulend flogen unzählbare Schwärme von Dohlen, Raben und Eulen auf, und umflatterten in immer engeren Kreisen die nahenden Männer, als ob sie ihnen das weitere Vordringen verwehren wollten. In dem dunkeln Zweigen einer riesigen Tanne, die dicht an der schmalen Pforte des Turmes stand, saß ein Uhu mit großen glühenden Augen, schlug mit den Flügeln und stieß kreischende, gellende Töne aus. Gegenüber auf einer Fichte hockte ein Wolf, und bellte heiser und fletschte die Zähne.

Die Jünglinge wurden ganz verwirrt und unsicher, und Sintram griff nach seinem

Schwert, um aufs Geratewohl zwischen die flatternden Schwärme hinein zu hauen. Ritter Guntram aber drohte ihm ernst mit erhobenem Finger, und sagte ganz ruhig:

„Lass Dein Schwert stecken, die Tiere können uns nichts anhaben."

Er winkte mit der Hand, und scheu wichen die Vögel zurück; der Uhu flatterte auf die Zinne des Turmes und der Wolf verschwand mit einem mächtigen Satz in der Finsternis des Dickichts. Die Pforte des Turmes aber krachte auf, und eine blendende Helle strömte daraus hervor. Breite Stufen von schwarzem Marmor zeigten sich und Ritter Guntram erstieg sie schweigend. Lautlos, aber von seltsamen Schauer ergriffen, folgten seine Söhne. Sie gelangten in einen großen runden Saal, dessen Wände, Decke und Fußboden aus schwarzem Marmor bestand, wie die Treppe, die zu ihm hinauf führte. Nirgends zeigte sich ein Fenster oder eine andere Öffnung, als nur der schmale Eingang, der jedoch ebenfalls mit lautem Getöse geschlossen wurde, als Ritter Guntram mit seinen Söhnen eingetreten war. Von der Decke des Saales schimmerten unzählige Flämmchen herab, gleich Sternen am Himmelsgewölbe, und verbreiteten ein seltsam dämmerndes, ungewisses Licht. Eine eisige Kälte strömte von den marmornen Wänden aus und durchschauerte die Glieder der Jünglinge, dass sie zitterten.

Ritter Guntram ermahnte seine Söhne, sich ganz still und ruhig zu verhalten, und vor keiner Erscheinung zu erschrecken, wären sie auch noch so grausig und furchtbar. Dann stampfte er mit dem Fuß dreimal auf den marmornen Fußboden, dass er erdröhnte, und schrieb mit der Hand allerlei wunderliche Zeichen in die Luft. Die drei Jünglinge harrten seltsam bewegt auf das Erscheinen des Burgdämons.

Plötzlich, nach einer atemlosen Stille von wenigen Minuten, erzitterte unter einem dumpfen, grollenden Getöse der ganze Saal, die Lichter an der Decke flackerten unruhig hin und her, und warfen einen bläulichen Schein, die Wände schwankten und krachten, und der Fußboden hob und senkte sich in leisen wellenförmigen Bebungen. Zu gleicher Zeit erfüllte ein gelber, durchsichtiger Dampf das ganze Gemach, und wogte in leichten Wolken auf und ab, hin und her. Der Nebel verdichtete sich und ballte sich allmählich zu einem unförmlichen, riesenhaften Wesen zusammen, schrecklich anzuschauen in seiner grauenvollen, rätselhaften Gestalt. Sie glich einer Schlange mit tiefschwarzem Angesicht, das entfernt einem Menschen ähnelte. Der riesige Leib lag in einander geringelt und zuckte und zitterte seltsam. Das lippenlose Gesicht aber, mit den grausig entblößten Zähnen, lächelte voll Hohn und Bosheit Es war so schrecklich anzusehen, dass Sintram und Wolfram den Anblick nicht ertragen konnten und scheu die Augen zu Boden schlugen.

Kattwald aber empfand keine Furcht. Er fühlte und empfand die Nähe eines mächtigeren Geistes, und der Gedanke an Gott hielt alles Grauen von seiner Seele fern. Eine lange Weile starrte das schreckliche Gespenst die Jünglinge an, immer mit demselben boshaften Lächeln und schauerlichen Abdruck von Schadenfreude. Endlich sprach es zu Guntram, und seine Stimme klang laut schallend, und Felsenwände durchdringend.

„Du riefst mich und ich gehorchte! Was befiehlt mein Gebieter seinem Knecht?"

„Du weißt, warum ich kam." antwortete Ritter Guntram mit fester Stimme. „Dies sind meine Söhne, und Du kennst die Pflicht, die Du gegen sie zu erfüllen hast. Ich bitte dich nicht, gnädig und mild mit ihnen zu verfahren, ich bitte dich nicht, sie zu warnen, wenn sie etwas Verderbliches begehren, denn ich kenne deinen Hass und Deine Bosheit. Es soll das geschehen, was Gottes Wille ist!"

„Nenne nicht den Namen dessen, vor dem ich zittern muss." heulte das Gespenst, und krümmte sich, wie von unsäglichen Schmerzen gepeinigt, auf dem marmornen Fußboden. „Ihr aber," wandte es sich an Ritter Guntrams Söhne, „sprecht Eure Wünsche aus! Wenn die Erfüllung in meiner

Macht steht, werde ich sie erfüllen, weil ich muss."

„Rede!" befahl Ritter Guntram seinem Erstgeborenen.

Sintram, wie aus einem schweren Traum erwachend, schaute wild und verstört umher; dann aber raffte er all' seinen jugendlichen Mut zusammen und sagte keck: „Verleihe mir, grimmiger Dämon, königliche Macht und Gewalt, und ich will dich preisen trotz deines schrecklichen Aussehens."

Das Gespenst lächelte mit eisigem Hohn und erwiderte: „Ich kann kein Königreich aus dem Nichts hervorzaubern und dich zum König darüber setzen, doch steht es in meiner Macht, dir die Mittel zur Erreichung deines heißesten Wunsches zu gewähren. Hier nimm dies Schwert; es macht dich unüberwindlich, so lange Du mutig bist und Deine Seele von keiner Furcht erschüttert wird. Hüte dich aber vor Feigheit und Kleinmut, denn das wäre Dein Verderben."

Sintram trat blitzenden Auges vor, und hob das Schwert auf, das dicht vor dem Gespenst auf dem marmornen Fußboden lag. Prüfend schwang er es in der Luft und freute sich der gewichtigen Waffe, die, als er sie in leuchtenden Kreisen schwang, blaue und rote Funken zu sprühen schien. „Ich danke dir!" sagte er zu dem Dämon. „Wenn mein Glück von dieser Waffe und meinem Mut abhängt, so werde ich es erhalten."

Das Gespenst lachte und fragte Wolfram nach seinem Wunsch.

„Ich sehne mich nach Gold und edlem Gestein." sagte der Jüngling. „Mache mich reicher, als alle Könige der Erde, und ich werde glücklich sein."

Wieder legte sich auf das Antlitz des Dämons ein eisiges Lächeln, und er antwortete: „Dir sei gewährt, was Du wünscht. Nimm diesen Dolch, und verliere ihn niemals. Bevor ein Jahr vergeht, wirst Du durch seine Hilfe mit leichter Mühe reicher geworden sein, als alle Fürsten der Erde."

Der Dolch lag vor dem Gespenst auf dem glatten Marmor, und Wolfram nahm ihn auf und betrachtete ihn. Die Klinge war aus dem feinsten Stahl geschmiedet, und auf ihrer dunkelblauen Flache schimmerten allerlei seltsame Linien und Figuren. Der Griff leuchtete im reinsten Gold und funkelnde Edelsteine schimmerten daran.

„Es ist eine schöne Waffe," sagte Wolfram zu dem Dämon. „Ich danke dir dafür."

Abermals erscholl ein kurzes schauerliches Lachen aus dem Mund des Gespenstes, und erschreckt trat Wolfram zurück. Der Dämon aber wendete sich zu Kattwald.

„Blauäugiger Knabe, rede, wo suchst Du Dein Glück?" fragte er.

„Nicht bei dir, niemals von Deiner Hand!" erwiderte Kattwald ernst. „Mir graut es vor deinen Geschenken. Du bist böse, denn Du schauderst, wenn Du Gottes Namen vernimmst, und krümmst dich zusammen, wie eben jetzt, von inneren Schmerzen gepeinigt. Spare Deine boshaften Blicke, Deine zornergrimmten Gebärden — ich fürchte nicht dich, noch Deine Macht, denn Gottes Hand schirmt mich vor Deiner Wut. Will Gott mir Glück verleihen, so wird er es mir spenden ohne Dein Zutun, denn Du bist verworfen von seinem Angesicht, wie alles Unheilige und Böse. Entweiche! Meine Seele wirst Du niemals vergiften und auch niemals mich verführen, dir zu vertrauen. Ich verwerfe das Glück, das von dir kommen soll, und befehle dir im Namen des heiligen

Gottes und seines heiligen Sohnes, aus meiner Nähe zu fliehen."

Ein wilder, gellender, markerschütternder Schrei dröhnte von den marmornen Wänden des Saales wieder, als Kattwald gesprochen hatte, und das Gespenst krümmte sich in machtlosem Zorn auf der Erde. Die ineinander geringelten Glieder seines riesigen Leibes entrollten sich, es bäumte hoch auf, wie um auf den verwegenen Jüngling loszustürzen, und gelber Dampf entquoll zischend seinem Mund. Kattwald aber stand unerschüttert. Mit ruhigem Auge erwartete er den Angriff des Bösen und fühlte sich unter dem Schutz Gottes unüberwindlich. Sein Blick heftete fest auf der scheußlichen Gestalt des Gegners und das Gespenst sank, wie vernichtet, davor zusammen. Noch ein grässlicher Schrei erscholl. Dann rollte ein krachender

Donnerschlag über den Köpfen der Männer entlang, zischende Blitze fuhren hin und her, der Fußboden spaltete auseinander und mit dumpfem Geheul versank der böse Dämon in eine unabsehbare Tiefe.

Lautlose Stille folgte dem entsetzlichen Getöse. Schneebleich standen die beiden ältesten Brüder. Der greise Ritter Guntram aber legte segnend seine Hände auf Kattwalds Haupt und rief mit kräftig tönender Stimme: „Der Herr war mit dir, mein Sohn, und siegreich hast Du den Kampf mit dem Bösen bestanden. Um Dein Glück mache ich mir keine Sorgen, Du wirst es finden, wo immer Du es auch suchen möchtest. Euch aber," damit wandte er sich an Sintram und Wolfram, „euch möge der Herr in seinen Schutz nehmen und vor allem Übel bewahren. Betet, wie ich für Euch beten will, und wenn Ihr meinen Rat folgen wollt, so werft die Geschenke des Dämons von euch, die Euch nur in eurer Verderben führen werden. Was vom Bösen kommt, ist böse, und niemals wächst eine heilsame Frucht auf einer Giftstaude."

Die beiden Brüder schauten die Waffen an, und kämpften mit sich selbst, die Aussicht aber, auf die verheißenen Schätze, auf Macht und Reichtum blendete ihre bessere Überzeugung und erstickte die leise Mahnung ihres Gewissens. Sie gürteten Schwert und Dolch fester an ihre Hüfte, und blickten finster vor sich nieder. Leise seufzend umarmte Ritter Guntram den frommen Kattwald noch einmal und schritt sodann an seiner Seite aus dem Marmorsaal hinaus. Schweigend folgten die älteren Brüder, und krachend schlug die Pforte des Gemaches hinter ihnen zu. Der Schall erschreckte sie, und war wie eine letzte

Mahnung, die Zauberwaffen noch von sich zu tun. Dennoch fassten sie die Griffe derselben noch fester mit dem erneuten Vorsatz, sich ihrer auf dem Weg zum Glück zu bedienen, und schritten trotzig hinter dem alten Vater her.

Der Eingang zum gespenstischen Turm wurde von unsichtbaren Händen verschlossen, das verworrene Gestrüpp fuhr wieder ineinander, und die Raben flogen krächzend um die verwitterten Zinnen ihres Wohnsitzes. Ritter Guntram aber und seine Söhne achteten nicht darauf, denn ernste und schwere Gedanken bewegten ihr Inneres, und zogen sie ganz von der Außenwelt ab. In der Ritterhalle trennten sie sich, und suchten Ruhe in den Schlafgemächern.

Seltsame Träume zogen in dieser Nacht verwildernd und schreckhaft durch den Schlaf von Sintram und Wolfram. Kattwald aber schlief ruhig und süß, und sein unerschüttbarer Glaube hielt alles Böse fern von seiner Schlummerstätte.

2. Kapitel
Trennung

Die Sonne leuchtete am andern Morgen golden durch die hohen Bogenfenster der Waffenhalle, hell blitzte es von den glänzendem Rüstungen wieder, die stattlich an den Wänden aufgereiht hingen.. Ritter Guntram saß mit seinen Söhnen an der eichenen Tafel in sehr ernstem und gewichtigem Gespräch.

„Ihr habt den Dämon des Turmes gesehen und Eure Wünsche sind von ihm erfüllt worden." sprach der ehrwürdige, greise Vater. „Dann müsst Ihr nun, wie es von alten Zeiten her Brauch und Sitte ist, in die Welt hinaus reiten, um Eure Tapferkeit zu erproben, und das ersehnte Glück zu erjagen. Die Stunde der Trennung ist gekommen; Eure Waffen liegen bereit, und die besten Rosse aus meinem Stall sind für Euch gerüstet. Sintram, in welches Land treibt dich Dein Sinn?"   s

„Hinab in das zauberreiche Land Italien!" rief der Jüngling ohne Besinnen. „Von weit gereisten Rittern und Pilgern, die Du gastlich in der Burg aufgenommen hattest, habe ich herrliche Kunde von diesem Land vernommen, und seit Jahren schon empfinde ich eine brennende Sehnsucht, unter seinem ewig blauen Himmel zu wandeln. Dort wehen zauberisch süße Lüfte und tapfere Ritter wohnen auf glänzenden Burgen, mit denen zu kämpfen in Schlacht und Turnier eine rechte Freude sein muss. Dorthin lass mich ziehen, mein Vater. Dort will ich ein Königreich gründen voll Pracht und gewaltiger Herrlichkeit."

„Zieh' hin, mein Sohn." erwiderte Ritter Guntram. „Hüte dich vor den Täuschungen der italienischen Ritter, denn sie sind tapfer, aber auch listenreich. — Und Du, Wolfram, willst Du deinen Bruder begleiten?"

„Mich reizen nicht die sonnigen Wunder Italiens." entgegnete Wolfram. „Ich ziehe gen Norden, hinauf in die eisgepanzerten Gebirge Norwegens. Dort arbeiten Gnomen in unterirdischen Höhlen, und fördern mit Fleiß die edlen Metalle und Steine aus dem Schacht der Erde, und hüten ihre wertvollen Güter mit Schlauheit und Mut. Mit ihnen will ich kämpfen, und sie besiegen, denn aus ihren Schätzen soll mein Glück erblühen."

„Zieh' hin, mein Sohn," erwiderte Ritter Guntram ernst; „aber hüte dich vor unrecht erworbenem Gut, es wird ich nicht glücklich mchen. Was Du in ehrlichem Kampf gewinnst, dessen sollst Du dich freuen. Die Gnomen aber sind stark und gewaltig, sage ich dir;

bereite dich daher auf ernsthaftere, Tod drängende Gefechte vor."

Wolfram, im stolzen Vertrauen auf seine Kraft und Tapferkeit, lächelte über die Warnung des Vaters und fasste mit blitzendem Auge den Griff seines klirrenden Schwertes. Ritter Guntram aber schüttelte mit wehmütigem Lächeln sein graues Haupt, und wandle sich zu Kattwald. „Wo soll ich dich suchen mit meinen Gedanken, wenn Du fern von mir bist, fragte er mild.

„Ich werde dich nicht einsam trauern lassen in verödeter Halle." erwiderte Kattwald, und blickte dem Vater mit liebevoller Zärtlichkeit in das Angesicht. „Lass' die Brüder ziehen, und draußen im Kampf mit der Welt und den Menschen ihr Glück suchen. Ich bedarf dessen nicht; mein Glück beruht in einem zufriedenen Gemüt, in der Befriedigung meines Wissensdurstes und in meiner Liebe zu dir, mein Vater, und zu meiner Heimat."

Ritter Guntram lächelte sehr freundlich bei diesen Worten. Als er aber seine anderen zwei Söhne anblickte, und ein halb verächtliches, halb höhnisches Zucken um ihre Lippen spielen sah, da fuhr er plötzlich, wie in einem jähen Schrecken, zusammen und eine dunkle Glut errötete seine hohe Stirn. „Kattwald." sprach er, und seine „Stimme zitterte vor innerer Bewegung, — „Kattwald, es ist doch nicht kleinliche Furcht und kindliche Feigheit, was dich in der Burg Deiner Väter zurückhält? Antworte, und fülle das Herz deines Vaters nicht mit Bitterkeit, wenn Du kannst."

Kattwald lächelte ruhig und sah hellen Blickes dem greisen Alten in die Augen. „Ich denke, dass ich ein echter Sohn Ritter Guntrams bin," sprach er mit freundlicher

Stimme; „mein eigener tapferer Vater wird mich daher nicht der Feigheit anklagen. Ihr aber, meine Brüder, wacht über Eure Gedanken, und hütet Euch, schmachvoll über mich zu denken. Mir ist, als ob Ihr meine Hilfe eines Tages noch sehr dringlich benötigen werdet!"

Ritter Guntram seufzte tief auf bei diesen Worten, als ob eine schwere Last von seinem Herzen genommen wäre; er reichte Kattwald seine Rechte, die finster drohende Wolke schwand von seiner Stirn, und machte einer hellen Freudigkeit Platz. Wolfram und Sintram aber schlugen ihre Augen zu Boden, und das vorher hohnvolle Lächeln umspielte nicht mehr ihre Lippen. Sie saßen da, scheu und gedankenvoll, als ob sie bei einer Sünde ertappt worden wären.

Plötzlich erschallte vom Burghof her das laute Wiehern und Gestampfe zweier edler

Rosse. Ritter Guntram erhob sich langsam von seinem Stuhl und sagte: „Es ist Zeit. Rüstet und wappnet Euch, meine Söhne."

In demselben Augenblick sprangen die hohen Flügeltüren der Halle auf, und zwei Knappen, welche schwere Rüstungen in ihren Händen trugen, traten in das Gemach. Schweigend nahmen die beiden ältesten Brüder sie in Empfang, legten sie mit Hilfe der Knappen an, und standen bald hoch und ritterlich da, in leuchtendes Erz gehüllt vom Scheitel bis zur Sohle. Sintram gürtete noch sein Schwert um, und Wolfram steckte den Dolch an seinen Gürtel. So bewaffnet nahmen sie Abschied vom alten Vater und vom Bruder, bestiegen die stolzen, in die Zügel knirschenden Rosse, und sprengten vom Burghof hinab in die weite, schneeschimmernde Ebene hinaus. Hier trennten sie sich. Sintram lenkte seinen

Hengst südwärts, den sonnigen Gefilden Italiens zu; Wolfram ritt gegen Norden, hinauf in das dunkle, zaubervolle Land der Gnomen und Erdgeister. Der alte Vater schaute ihnen, auf Kattwalds Schultern gestützt, nach, so lange er die wehenden Federn ihres Helmes noch erkennen konnte. Dann murmelte er ein leises Gebet, empfahl seine Söhne dem Schutze des Höchsten und schritt endlich still und voll banger Gedanken in die Kapelle hinab. Niemand durfte ihm folgen. Er blieb dort viele Stunden lang allein mit sich und seinem Gott.

3. Kapitel
Sintram und das Glück

Hinauf und hinab die hohen Schweizerberge, auf ungebahnten, rauhen Wegen, ritt Sintram, und hielt sein edles Ross fest im Zügel, damit es nicht straucheln und in die Abgründe vor ihm und neben ihm hinabstürzen konnte. Immer vorwärts trieb es ihn in das Land seiner heißesten Wünsche, und er achtete weder auf Ermüdung, noch Gefahr, um so schnell wie möglich das Ziel seiner Reise zu erreichen.

Eines Abends ritt er in einem engen Tal dahin. Es dunkelte schon. Schnee bedeckte den Weg, und hing, wie weiße Vögel an den Klippen und Felsen, wo deren furchtbare Glätte durch eine Spalte oder einen kleinen Vorsprung unterbrochen war. Die hohen Tannen, von Eiskristallen funkelnd, nickten gespensterhaft zu ihm nieder. Ein Paar Raubvögel durchzogen krächzend die Luft und hie und da brach schnaubend ein Wolf durch das Dickicht, welcher durch die unverhoffte Nähe eines Menschen aus seiner Ruhe aufgestört worden war. Das Ross arbeitete sich nur mühsam durch den tiefen Schnee und strauchelte häufig. Das arme Tier war gänzlich erschöpft und bedurfte der Ruhe nicht weniger als sein Herr, der jeden Augenblick nach irgendeiner Unterkunft, wollte es eine Höhle oder ein Haus sein, mit sehnsuchtsvollem Auge umherspähte. Je weiter er dahin ritt, desto missmutiger und zorniger wurde er, und war endlich ziemlich fest entschlossen, abzusitzen, unter den ersten besten Tannenbäumen den Schnee wegzuschaffen und so sich selber ein Nachtlager zu bereiten. Aber auch der Waldwuchs hörte jetzt auf und er sah beim schwachen Dämmerlicht der Sterne rings umher nichts als starres, steil nach oben strebendes Gestein, und die matt leuchtenden Eiskristalle, die hie und da von demselben herabschimmerten. Dem jungen Sintram wurde es ganz unheimlich und schauerlich zu Mute in dieser starren und grauenhaften Wildnis, und gern hätte er sein Pferd angespornt, um schnell aus dem Felsenlabyrinth herauszukommen, wenn das abgemattete Tier noch Kraft für einen raschen Lauf gehabt hätte. So musste er sich denn in Geduld üben und machte sich nur ab und zu durch einen heftigen Ausruf Luft, wenn sein Pferd stolperte oder in der Dunkelheit vor irgendeinem gespenstisch ausschauenden Gegenstand scheu auf die Seite drängte.

Endlich erblickte Sintram in einiger Entfernung ein Licht, das warm durch die Nacht zu ihm herüberschimmerte und ihm eine behagliche Unterkunft zu versprechen schien. Sein Pferd spitzte die Ohren, stieß ein leises Gewieher aus und trabte schneller als bisher auf dem rauhen, beschneiten Weg dahin. Nach wenigen Minuten war die Hütte erreicht, aus welcher das Lichtlein in die Ferne schimmerte, und frohes Mutes sprang Sintram aus dem Sattel und klopfte an die Tür. Sie wurde geöffnet und ein uralter, aber noch immer stattlich emporgerichteter Greis trat in das Dunkel hinaus.

„Wer seid Ihr und was wollt Ihr?" fragte er.

Sintram bat um Unterkunft während der Nacht für sich und sein Ross, und ohne Zögern führte ihn der Greis zu einem niedrigen Nebengebäude, wo ein warmer, behaglicher Stall den ermüdeten Hengst aufnahm. Der Alte schüttete ihm duftendes Heu und Hafer vor, warf ihm ein Bund Stroh unter und kümmerte sich erst dann, als das Pferd in allen Stücken wohl versehen war, um den Reiter.

„Wir können uns selbst helfen," sagte er; „solche arme Kreatur aber ist auf unseren Beistand angewiesen, und daher muss für diese als Erstes gesorgt werden. Kommt jetzt, Herr, in meine niedere Hütte."

Sintram folgte dem Greis nach und trat in ein kleines enges Gemach, in dem er nichts erblickte, als ein zierlich geschnitztes Kruzifix an der Wand, einen Tisch, zwei Schemel und ein Bett. Dennoch fühlte er sich so behaglich, als befände er sich im schönsten Prunkzimmer eines prächtigen Schlosses.

Der Greis setzte ihm Speise und Trank vor, bat ihn, die schweren Waffenstücke abzulegen, nahm ihm selber, den Helm ab und schnallte die Riemen des Panzers los. Bald saß Sintram an dem hölzernen Tisch und erfrischte seine Kraft durch das einfache Mahl seines Gastfreundes.

„Es muss eine wichtige Ursache sein, junger Held, die Euch mitten im Winter durch die unwegsamen Gebirge dieses Landes treibt." sagte der Greis, als Sintram sich gesättigt hatte und nicht ohne Neugierde seinen freundlichen Wirt anschaute. „Wohin wollt Ihr?"

„Hinab in das Land des ewigen Frühlings, nach Italien," erwiderte Sintram, „und nichts anderes als die Lust zu Kämpfen und Siegen hat mich aus der heimatlichen Burg meiner Väter hinweggetrieben. Mich dürstet nach Schlachten, und ich ringe nach Hohem und Edlem, nach einem Herrschersitz in dem blühenden Land."

Der Alte schaute den jugendlich frischen Ritter mit forschendem Auge an und sein Blick war so gewaltig, dass Sintram ihn nicht zu ertragen vermochte, sondern ganz betroffen und scheu die Wimpern niederschlug.

„Reiche mir Deine Hand!" sprach der Greis.

Halb widerstrebend und doch wie von einer unsichtbaren Macht gezwungen, streckte Sintram ihm seine Rechte über den Tisch hinweg und der Alte prüfte sie lange mit aufmerksamen und immer düsterer werdenden Blicken.

„Dir winkt ein Königsthron," sagte er endlich mit dumpfer Stimme, „aber wehe dir, wenn Du Deine Hand nach der Krone ausstreckst. Nur Geduld wird dich zum Ziel führen; gewaltsames Beginnen stürzt dich in ein tödliches Verderben. Hüte dich, mein Sohn! Keinen Feind hast Du zu fürchten, außer den

Feind in Deiner eigenen Brust, und der heißt brennende Herrschbegier. Hüte dich, sage ich, denn ein düsteres Schicksal brütet über dir."

Der Alte schwieg, und Sintram fühlte sein Herz seltsam bewegt.

„Wie aber soll ich zur Krone gelangen, wenn ich nicht selber die Hand danach ausstrecke?" fuhr er endlich wild heraus.

„Höre mich an, mein Sohn." sprach der Alte. „Im Land Pannonien herrscht ein hochgewaltiger und waffenkundiger König über ein tapferes Volk, das Volk der Longobarden. Alboin ist sein Name, und die Barden feiern ihn als den Preis alles Ruhmes in tönenden Liedern. Zu diesem zieh' hin. Dort findest Du Kampf und Sieg, und viel Herrliches, vielleicht gar einen Fürstenthron noch obendrein. Zieh' hin, sage ich dir, denn in seinem Geleit wirst Du die Wunder

Italiens sehen und einen Heldensitz aufrichten helfen, dessen Glanz und Herrlichkeit in alle Länder und über alle Völker bis in die spätesten Zeiten hinaus leuchten wird. Dorthin zieh', lerne dich selbst besiegen und der Preis des Ringens wird Deine kühnsten Hoffnungen überflügeln!"

Wie bezaubert lauschte Sintram auf die Worte des Greises und sein Blut jagte stürmisch und brausend durch seine Adern. „Wer seid Ihr, der mir so Hohes und Herrliches verheißt?" fragte er.

„Ich bin nichts, als ein armer, einsamer Eremit." entgegnete der Alte. „Bonifacius werde ich genannt und lebe fern von dem wilden Treiben der Welt in Gebet und frommer Kasteiung. Aber der Himmel hat mir die Gabe der Weissagung verliehen, und Du hast ihre Stimme vernommen. Höre darauf und hüte dich!"

Nachdenklich schwieg der Greis und auch Sintram verfiel in ein tiefes, träumerisches Sinnen. Seine Wangen glühten, seine Augen blitzten und oft fuhr er mit der Rechten nach dem Griff seines Schwertes, das bei jeder Berührung seltsam laut und tönend klirrte.

„Woher hast Du das Schwert?" unterbrach Bonifacius nach langem Schweigen endlich die Stille. „Tue es von dir."

Sintram fuhr in die Höhe. „Niemals!" rief er mit hallender Stimme. „Die Waffe verfügt über Zauberkraft und kein Feind vermag ihr zu widerstehen. Es ist mein Leuchtstern auf dem Weg zum Sieg."

„Sie ist die Fackel, die dir das Herz verbrennen wird!" rief der Alte dumpf. „Lege sie ab und versenke sie im tiefsten Meer!"

Sintram schüttelte missmutig sein Haupt und fasste sein Schwert mit beiden Händen, wie um es sich niemals entreißen zu lassen. Der Alte seufzte.

„Du verschmähst die ehrliche Stimme der Warnung." sagte er und stand auf. „So hab' es denn! Dein Schwert und Deine Leidenschaft, sie werden dem frisch blühenden Stamm deines Ruhmes die Blüten abhauen und dich in einen Abgrund schleudern, aus dem Du dich nicht mehr erheben wirst. Mir ahnt Schlimmes und es tut mir Leid um dich! Schade, dass Du junges Heldengewächs so bald verdorren musst; es ist Mark zu Hohem und Edlem in dir! Schade, Jammerschade um dich!"

Wie in einem schweren Traum befangen, wankte er seinem Lager zu und sank halb ohnmächtig darauf nieder. Sintram streckte sich auf einen Haufen duftender Kräuter aus und entschlummerte. In der Nacht träumte er von König Alboin und seiner Heldenherrlichkeit, und als er am Morgen aufwachte, da war er fest entschlossen, die bisherige Richtung seines Weges zu verlassen und sein Ross durch Berg und Tal nach Pannonien hinüber zu lenken. Er zäumte es auf, sattelte es und nahm Abschied von dem alten Eremiten.

„Der Himmel möge dich in seinen Schutz nehmen." sprach Bonifacius ernst und legte seine Rechte auf Sintrams dunkel gelocktes Haupt. „Vielleicht, wenn wir uns wieder sehen, sind meine Weissagungen in Erfüllung gegangen. Schade um dich, mein Sohn, Jammerschade!"

Sintram riss sich aus der Umarmung des alten Mannes, schwang sich auf sein Ross und trabte auf dem beschneiten Weg hurtig davon. Bonifacius aber wendete sich wieder zu seiner Hütte und während er hineinschritt, murmelte er noch immerfort: „Schade, Jammerschade um das edle, frisch blühende, kräftige Heldengewächs!"

Wochenlang ritt Sintram über eisgekrönte Berggipfel und tiefe Felstäler kreuz und quer durch die Lande. Hundertmal verirrte er sich in den düstern Schluchten des verworrenen Gebirge, und der Frühling lächelte bereits vom Himmel nieder, ehe er endlich in den pannonischen Gefilden anlangte.

Blumen und Blüten sprossten aus der schwarzen Erde hervor, die Bäume knospten, die Sträucher kleideten sich in ihr neues, hellgrünes Kleid und die Vögel sangen und zwitscherten in den Zweigen, als er eines frühen Morgens nach erquickendem Schlummer sein Ross bestieg und im Dickicht uralter Waldungen einem Pfad folgte. Da näherte er sich dem Rand der Wildnis, und es schien ihm, als ob ein dumpfes Getöse durch das Blätterwerk dahin rausche. Er hielt sein Ross an und lauschte. Verworrene Töne drangen zu ihm, wie als wenn in der Feme die Hufe von tausend Rossen die Erde erschütterte. Eilig ritt er vorwärts und bald vernahm er hallenden Schlachtruf, Geklirr von Schwertern und Wiehern von Pferden. Im Galopp sprengte er dem Waldesrand zu, und als er ins Freie gelangte, blickte er von einem Hügel nieder auf ein wild hin und herwogendes weites Schlachtgetümmel und sein Herz schwoll ihm in seiner Brust vor brennendem Mut und Kampfeslust.

Die Waffen blitzten im Sonnenstrahl. Hie und da wirbelten Staubwolken in die Höhe, Banner wehten, Schwerthiebe sausten auf Helm und Harnisch nieder, Lanzen splitterten, gepanzerte Rosse sprengten reiterlos und verwildert hin und her, der hallende Schlachtruf der Führer vermischte sich mit dem Schmerzensgebrüll der Verwundeten und das ganze Gefilde glich einem verworrenen Knäuel, in dem weder Freund noch Feind zu unterscheiden war.

Sintrams scharfes, von Tatendurst glühendes Auge erkannte jedoch bald die Lenker der Scharen in der Menge. Vor allen Übrigen haftete sein Blick auf einer hohen Heldengestalt, die in schimmerndem Goldharnisch auf einem schneeweißen Ross die Reihen auf- und niedersprengte und die Krieger durch Wort und Tat zu äußerster Anstrengung drängte. Wie ein leuchtender Kriegsgott flog der Held über das dröhnende Kampffeld. Wo der Andrang der Feinde am gewaltigsten drohte, da flammte sein Schwert, da klafften zerhauene Helme, da stürzten die Feinde, da sprengten reiterlose

Rosse in eiliger Flucht davon, da errang er den Sieg.

Sintram erkannte eine kleine Krone von Edelsteinen, die auf dem Helm des gewaltigen Fechters funkelte, und sein Herz schlug lautet. „Dies muss Alboin sein und keiner sonst!" murmelte er vor sich hin und lockerte sein seltsam klirrendes Schwert in der Scheide, um ohne längeres Zögern in das Schlachtgewühl zu stürmen. Er spornte sein Ross und hielt es im nächsten Augenblick wieder an. Eine lange Reihe von Feinden trabte aus einem Hinterhalt hervor und fiel den Scharen des goldgepanzerten Königs in den Rücken. Verwirrung entstand. Entsetzen lähmte die Kraft der plötzlich Überfallenen und selbst der goldgeharnischte Ritter vermochte nicht, die gestörte Ordnung wieder herzustellen. Wer das Schwert vom Feind im Nacken fühlte, der hörte nicht mehr auf den mutigen Zuruf des Führers, sondern rannte in regelloser Flucht davon und warf sogar die schweren Waffen von sich, um beim schnellen Laufen ungehinderter zu sein.

In diesem Augenblick, gerade als die Schlacht für den Ritter mit der Krone verloren schien, sprengte Sintram mit hoch geschwungener Waffe zu dessen Hilfe herbei. Die Sonne funkelte auf seinem Harnisch; und wie er so plötzlich aus dem Dickicht hervorgetrabt kam, hielt ihn Freund und Feind für ein höheres Wesen, das vom Himmel niedergestiegen war, um sich in den Streit der Erdenkinder zu mischen. Über die Ebene hinwegfegend wie ein Pfeil, erhob Sintram seine weit hallende Stimme zu einem so gewaltigen Kampfruf, dass die versprengten Haufen der flüchtigen Krieger zum Stehen kamen und verwunderungsvoll zurückschauten. Neuer Mut kehrte ihnen bei Sintrams Anblick zurück. Das Funkeln seines hoch geschwungenen Schwertes schien ihnen Sieg zu verheißen, mit lautem Jubelgeschrei kehrten sie um und stürzten in begeisterter Siegesahnung auf die Feinde.

Neuer Kampf, neue Anstrengung begann. Sintram sprang vor. Was ihm nahe kam, schmetterte er nieder.

Es gab keinen Feind, der ihm irgend hätte Stand halten können. Der König selber ließ vor Erstaunen sein Schwert sinken und schaute untätig Sintrams unerhörtem Fechten ein Weilchen zu.

Ehe eine Stunde verging, war die Schlacht entschieden. Kunimund, der König der Gepiden, lag erschlagen von Alboins Hand. Sein Volk war beinahe vernichtet und kaum einige Männer waren übrig geblieben, um die

Trauerkunde von der verlorenen Schlacht in die Heimat zu tragen.

Alboin aber umarmte auf öffentlichem Schlachtfeld den jugendlichen Helden Sintram, und drückte ihn voll Siegesfreude an seine Brust.

„Du sollst mein Bruder sein." sagte er mit tönender Stimme, so dass alle seine Krieger ihn vernehmen konnten. „Du hast den Sieg errungen, als schon alles verloren war, und das vergisst Alboin dir niemals.

Im Krieg teile mit mir ein Zelt, im Frieden einen Palast. Schütze mich, wie ich dich schützen werde, vor allem Verrat und aller Hinterlist und sei der Nächste nach mir in meinem Königreich!"

Sintrams Auge flammte, aber in Demut neigte er sich. „Du beglückst mich hoch, mein König!" sprach er.

„Nicht König!" rief Alboin; „Bruder!"

Und indem er den Arm um die Schulter des Jünglings schlang, durchschritt er mit ihm die Reihen seiner kampferhitzten Krieger und jauchzender Zuruf und klirrendes Zusammenschlagen der Schwerter begrüßte die beiden jungen Helden, wo sie erschienen. Lächelnd dankte Alboin; mit hochgeröteter Wange und funkelndem Auge Sintram.

„Jetzt," dachte er, „gilt der Zuruf nur dem König. Bald aber soll mich ein gleiches Jauchzen empfangen; ich will nicht eher ruhen, bis nicht eine Königskrone auch auf meinem Haupt funkelt!"

4. Kapitel
Ein Gastmahl

König Alboin, ließ dem erschlagenen König Kunimund nach uralt heidnischer Sitte, den Kopf abhauen und aus dem Schädel desselben einen Trinkbecher formen, köstlich geschmückt mit goldenen Zierraten und blitzendem Edelgestein. Zu gleicher Zeit vermählte er sich mit Rosamund, des Königs Tochter, einer hohen und stolzen Jungfrau von wunderbarer Schönheit, aber auch heftigen und unbeugsamen Gemüts. Nur gezwungen reichte sie dem Mörder ihres Vaters ihre Hand und die dunkle, verhaltene Glut, die während der Vermählungsfeierlichkeiten in ihren Augen schimmerte, weissagte Böses. Alboin kümmerte sich nicht darum, wie er überhaupt niemals auf eine Gefahr achtete, drohte sie auch noch so nah, so riesengroß und gewaltig.

Eines Tages saß er mit Sintram in seinem Zelt und fragte den Jüngling nach seinem vergangenen Leben, und wie er so plötzlich in das Getümmel der verlorenen Schlacht hineingeraten sei. Sintram erzählte von seiner Heimat und der Verheißung des Burgdämons, von seiner Sehnsucht nach dem Land Italien, von dem alten Eremiten Bonifacius und wie ihn dieser nach Pannonien zum König Alboin gewiesen habe. „Und warum trieb es dich grade in das italienische Land, mein Bruder?" fragte Alboin.
Sintram schaute bei dieser Frage den König mit großen Augen in das schöne Heldengesicht und fing an, ein begeistertes Loblied von den Wundern eines herrlichen Landes zu singen. Alboin lauschte aufmerksam und je mehr Sintram erzählte,

desto höher glühten des Königs Wangen und seine Augen funkelten gleich Sternen. Und plötzlich in die Höhe springend, rief er aus: „Halt ein! Halt ein! Ich habe genug vernommen! Jene Wunder will ich selbst sehen und in diesem Land mein Königssitz aufschlagen. Du begleitest mich doch, mein Bruder Sintram?"

„Überall hin," entgegnet" der Jüngling, „freudig zum Sieg und freudig in den Tod!"

„Wohlan," sprach der König nachdenklich, „so will ich mir ein Reich erobern und Du ebenso. Gleich Brüdern wollen wir herrschen über zwei Länder und eines davon soll deines sein."

Sintrams Herz schlug lauter bei diesen Worten und jauchzend stürzte er in die geöffneten Arme des Königs. Alboin drückte ihn fest an seine Brust; dann aber löste er sich sanft aus der Umarmung und sprach:

„Jetzt lass mich allein, mein Bruder! Ich muss nachdenken und planen zu meinem und deinem Besten!"

Sintram verließ das Zelt, schritt hinaus in die Waldung und schwelgte in süßen, berückenden Träumen von zukünftiger Herrlichkeit. Alboin aber saß in tiefen Gedanken und bewertete den kühnen Zug nach Italiens Fluren mit vorausgeahnter, königlicher Siegesfreude.

Drei Tage nachher zog Alboins Heer und sein ganzes Volk mit Weib und Kind über die Alpen. Und als sie sich den Grenzen Italiens näherten, bestieg Alboin mit Sintram einen hohen Berg, betrachtete die Lage und Herrlichkeit des schönen Landes mit freudetaumelnden Blicken und rief aus: „Dies Land soll mein sein, soweit das Auge reicht, und noch viel mehr! Dieser Berg aber soll der

Königsberg genannt werden, bis in die spätesten Zeiten hinaus!"

Und der Berg heißt noch heutzutage der Königsberg.

Wie ein reißender Bergstrom stürzten Alboins Krieger über die Gefilde Italiens, eroberten Städte und Burgen, und schalteten als Herren im Land. Und als auch Pavia fiel, die stärkste Festung des Reiches, da erwählte sie Alboin zum Sitz seines Herrschertums, und schlug in ihr seinen Thron auf. Die vornehmsten, edelsten und tapfersten Helden seines Heeres belieh er mit Schlössern und Herzogtümern, und herrschte gewaltig und mächtig über seine Vasallen und über sein Reich.

Sintram hatte ihm redlich geholfen im Kampf, und erwartete, gleich den Übrigen, den Lohn seines Heldenmutes. Alboin aber schwieg und schenkte ihm nichts als seine

Freundschaft. Sintram war der Nächste an seinem Thron, aber König war er nicht, und das Herz im Busen brannte ihm vor Ehrbegier und Sehnsucht nach fürstlicher Hoheit und Herrlichkeit.

Und eines Tages trat er zum König und fragte:

„Alboin, wo ist das Land, welches Du mir versprochen hast, wo der Thron, den Du mir geben wolltest, wo das Reich, über welches ich wie ein König herrschen kann, wie du?"

„Hier in meinem Herzen ist es, mein Bruder." erwiderte Alboin. „Herrsche mit mir und durch mich, so lange ich lebe. Wenn ich aber sterbe, dann wirst Du mein Nachfolger sein."

Sintram wandte sich verdüstert ab bei diesen Worten, und antwortete nichts. Er schritt hinaus auf die Zinnen der königlichen Burg, und blickte über die blühenden Fluren hinweg, die wie reiche Teppiche vor seinen

Augen ausgebreitet lagen. Sein Herz bebte und vor Grimm schwoll es an in der Brust, und sein Schwert klirrte und raffelte wunderbar in der Scheide, ohne dass er es berührte. Der böse Dämon sprach aus ihm.

„Was nützt es mir, gewaltig zu sein durch die Gewalt eines Anderen?" rief er laut und zürnend aus. „Ich trage keine Krone, und niemals wird sie meine Stirn schmücken, ehe nicht Alboin bei den Toten ruht! Wäre er doch gestorben, oder ließe mich selber ein Königreich erobern mit seinen Kriegern!"

Es dauerte lange, bis sich der Sturm seiner Gefühle wieder etwas legte. Endlich verließ er mit einem tiefen Seufzer die Mauerzinnen und ging in den Garten hinab, um in den dunkelsten Laubgängen die noch aufgeregten Gefühle seines Herzens zu beschwichtigen.

Die Worte aber, die Sintram auf der Zinne im Zorn gesprochen hatte, waren nicht ungehört verhallt. Die schöne Königin Rosamund, am offenen Fenster ihres Gemaches sitzend, vernahm sie, und ihr dunkles Auge blitzte triumphierend und schadenfroh, als Sintram die Zinne verlassen hatte.,

Einige Wochen später versammelte König Alboin die Fürsten und Großen seines Reiches zu einem fröhlichen Gastmahl, um das Siegesfest über das eroberte Land in Pracht und Glanz zu feiern. Von nah und fern strömten die Helden herbei, und schmausten und zechten an langer Tafel in der königlichen Halle. Alboin saß am oberen Ende des Tischs. Zu seiner Rechten prangte in vollem Glanz ihrer Schönheit die Königin Rosamund, zu seiner Linken saß Sintram mit düsteren Zügen mit bleichem Gesicht.

Die Pokale gingen in die Runde, es funkelte der goldhelle Wein, und die Barden sangen, begleitet durch rauschende Harfentöne, hallende Lieder zu König Alboins Ehre und Ruhm. Der süße, feurige Wein regte die Lust und den Übermut an, und selbst Alboin vergaß im Taumel der Freude die nötige Besonnenheit.

Als die Barden von der Gepidenschlacht und von Kunimunds Tod sangen, beachtete der König die plötzlich bleich gewordenen Wangen seiner Gemahlin, die Tochter Kunimunds, nicht, sondern rief in wilder Lust einen Diener herbei, und befahl ihm, den Becher zu bringen, der aus Kunimunds Schädel prächtig gearbeitet war. Der Diener zögerte und warf einen scheuen Blick auf die schöne Gemahlin des Königs, die zitternd und totenblass ihr Haupt in die Hand stützte. Alboin aber fuhr zornig in die Höhe und wiederholte mit donnernder Stimme seinen Befehl. Da entwich der Diener voll

Schrecken, brachte den Pokal, und setzte ihn vor dem König auf die Tafel nieder.

In der Halle aber war es totenstill geworden, und manche bärtige Wange bleich, wie frisch gefallener Schnee. Die Blicke der Helden ruhten forschend und besorgt auf der Königin.

Alboin füllte den Schädel mit funkelnden Wein, und trank daraus einen tiefen Zug. „Auf das Verderben aller Feinde!" rief er aus. „Mögen sie fallen, und vergehen, wie Kunimund!" .

Keiner rief den Trinkspruch nach; Alles verharrte in atemlosem Schweigen, und Alboin reichte den Pokal an Sintram. Düsteren Angesichts nippte der Jüngling von dem Trank, und der Pokal ging weiter in der Runde, bis er zur Königin Rosamund kam.

Zitternd setzte sie ihn auf die Tafel nieder, und wandte mit sichtbarem Schauder ihr Auge davon ab.

„Trink!" befahl rauh und herrisch Alboin der bebenden Frau. „Trink auf das Verderben meiner Feinde, wenn ich dich nicht selber dazu zählen soll."

Mit tränenvollem Auge sah die Königin zu dem zürnenden Gatten auf. „Erlass es mir, ich flehe dich an." bat sie mit hinsterbender Stimme. „Es ist der Schädel meines edlen, meines eigenen teuren Vaters, aus dem ich trinken soll. Bedenke das Alboin!"

„Trinke, Weib!" rief wütend der König" und fuhr mit der Rechten nach dem Griff seines Schwertes.

Rosamund sank schluchzend zusammen, fiel auf ihre Knie, und flehte mit gerungenen Händen um Erbarmen und Erlassung des fürchterlichen Begehrens. Der König aber sprang wild in die Höhe; der unbändigste Zorn flammte aus seinem Auge, und er war im Begriff, sich an dem schwachen Weib zu vergreifen, als plötzlich Sintram seinen Arm ergriff und ihn mit unwiderstehlicher Kraft auf seinen Sitz niederzog.

„Halt ein, Alboin," sprach er mit fester Stimme, „halt ein, Du schändest dich und Dein ganzes Volk, und befleckst deinen glänzenden Heldenruhm mit unauslöschlicher Schmach. Unserer Freundschaft Willen, halt ein!"

Die besonnene Rede Sintrams besänftigte nicht das wild aufgeregte Blut des Königs. Mit zornblitzendem Auge schaute er umher, und so gewaltig war sein Aussehen und seine ganze heldenmäßige Gestalt, dass alle die Ritter und Edlen umher scheu die Augen niederschlugen und kaum zu atmen wagten.

„Bin ich noch König?" fragte er mit dumpf gellender Stimme. „Bin ich noch Alboin, oder nur ein schwacher Knabe? Schweigt Alle, und du, Sintram, hüte dich! Auch wenn Du mein Waffenbruder bist, so bin ich doch Dein König, Schweig, rate ich dir! Und du, Rosamund, versuche nicht länger, mein Herz zu rühren mit jämmerlichem Gewinsel! Steh' auf, Weib, und trinke, oder, bei meinem Königtum! Wirst Du nicht lebend diese Halle verlassen!"

Die Königin richtete sich langsam auf. Ihr dunkles, langes Haar wallte aufgelöst über ihre bleiche Stirn, ihre bleichen Wangen hinweg. Starr, wie aus Marmor gehauen, zeigten sich die Züge ihres Antlitzes; ihre Lippen bebten nicht mehr, ihre Augen weinten nicht mehr. Mit fester Hand ergriff sie den Pokal, führte ihn zu ihrem Mund, trank daraus, und leerte ihn bis auf den Grund.

„Auf den Tod meiner Feinde trank ich, die auch die deinen sind, König Alboin!" sprach sie, warf einen furchtbaren Blick auf ihren Gemahl, und verließ hoch aufgerichtet die Halle.

Niemand hielt sie zurück, Niemand wagte ihr zu folgen. Der dumpfe Klang ihrer Stimme hallte in aller Herzen wieder; wie Steinbilder saßen die Ritter und Edlen, und eine schwüle, drückende Stille lag über der Versammlung.

Alboin aber erwachte, wie aus einem schweren Traum. Er schaute verstört umher, stieß einen gellenden Schrei aus, und stürzte fort in sein entlegenstes Gemach.

Dort schloss er sich ein, ließ drei Tage hindurch niemanden zu sich, nahm weder Speis noch Trank zu sich, und kämpfte mit der Reue, die er selber in keckem, rücksichtlosem Mut über sein Haupt herauf beschworen hatte.

5. Kapitel
Die Rache der Königin

Die Nacht dunkelte herein, und die letzte goldene Abendglut wich langsam dem milden Schimmer des Vollmondes, der klar und leuchtend am Himmel stand, als Sintram in tiefem Gedanken versunken durch die Laubgänge der königlichen Gärten auf und nieder ging. Seine Rechte ruhte fest auf dem Griff seines Schwertes, und von Zeit zu Zeit murmelte er heftig halblaute Worte vor sich hin, die nur zu deutlich sein finsteres Sinnen und Trachten verrieten.

„So lange ich mutig bin, winkt mir der Sieg." sagte er. „Der Dämon hat Wahrheit gesprochen. Der Fluch wird wahr, wenn ich mich des Königs entledige und in Gedanken die Hand nach seiner Krone ausstrecke. — ‚Du sollst mein Nachfolger werden auf dem

Thron, wenn ich tot bin,' sprach Alboin. — Warum erst dann? Warum teilt er nicht jetzt seine Macht mit mir, obwohl ich ihm sein Leben und seine Ehre erhalten habe? — O, Alboin, Alboin! Warum hast Du den schlummernden Löwen in meinem Herzen erweckt?"

Er ging weiter, presste die Hand auf seine Brust, und seufzte tief. Der Dämon des Bösen rang gewaltig mit der guten Seite in seinem Herzen.

Plötzlich stutzte der Jüngling. Die Zweige des verschlungenen Gebüsches rauschten leise, und aus ihren Schatten trat ein hohes Frauenbild hervor. Ein langer weißer Schleier wallte bis zu ihren Füßen hinab, und verhüllte ihr Antlitz und ihre ganze Gestalt. Das helle Mondlicht schimmerte auf dem feinen Gewebe, und verlieh der Erscheinung ein seltsames, gespenstisches Aussehen.

„Wer bist du?" fragte Sintram, indem er einen Schritt zurücktrat, und seine blitzende Waffe halb aus der Scheide zog.

„Lass Dein Schwert stecken, junger Held." sagte mit dumpf klingender Stimme die verschleierte Frau. „Ich komme nicht, um dir ein Leid zu tun, sondern um Deine Hilfe anzuflehen, und dir zu Macht und Herrlichkeit zu verhelfen. Kennst Du mich?" Sie schlug den Schleier zurück, und Sintram erkannte mit einem Blick das schöne, aber totblasse Gesicht der Königin Rosamund.

„Folge mir!" befahl sie. „Ich habe Wichtiges mit dir zu reden, und niemand darf uns hören, außer den stummen Tieren der Wildnis und den schweigenden Blättern der Bäume." Sie schritt voran in das dichteste und verschlungenste Gestrüpp hinein, und achtete nicht der Dornen, die ihren Schleier zerrissen, und ihre zarten Hände verletzten.

In seltsamer Bewegung schritt Sintram ihr nach. An der heimlichsten und verstecktesten Stelle des Gartens blieb die Königin stehen. Das Gebüsch war hier so dicht, die Kronen der Bäume schlangen sich so fest ineinander, dass auch nicht ein einziger Mondstrahl das enge Laubgitter der Waldung zu durchdringen vermochte.

„Höre mich, Sintram." sprach die Königin, und ihre Stimme klang hohl und dumpf, aber fest. „Höre mich! Ich kenne die innigsten Wünsche deines Herzens, Dein heißestes Begehren. Du strebst nach einer Krone, und die Krone funkelt dicht vor deinen Augen, und dennoch wagst Du es nicht, die Hand danach auszustrecken. Bist Du vielleicht zu feige oder marklos? Rede!"

Sintram zuckte zusammen, als er so ganz unverhüllt sein geheimes Sinnen und Trachten ausgesprochen hörte; dennoch fasste er sich gleich wieder und antwortete: „Nein, nicht feige bin ich und nicht marklos, aber die Krone, welche Du meinst, ruht auf dem Haupt meines Freundes und deines Gemahls. Weißt Du das?"

„Ich weiß es, und eben darum frage ich dich. Ist Alboin Dein Freund? Hat er jemals seine Freundschaft bewiesen? Du rettetest ihm Ehre und Leben in der Schlacht wo er meinen Vater erschlug — und, hat er dich belohnt? Er versprach dir eine Krone und ein Königreich — und, hat er sein Versprochen gehalten? — Sage selber, wo ist nun seine Freundschaft? Er verlacht dich und behandelt dich wie einen zahmen Hund, dessen Tatenlust durch leeres Schmeicheln gestillt werden kann! Sintram, ich dachte Du hättest ein kühneres und ehrbegierigeres Herz!" „Er verhöhnt mich? Er verspottet mich?" fragte Sintram, und seine Stimme bebte vor Zorn. „Mich verachtet Alboin, trotz meiner Stärke und Tapferkeit? Mich?"

„Dich," erwiderte die Königin; „eben dich, seinen besten und getreuesten Helden. Dann räche dich! Wasch in seinem Blut die Schmach ab, mit der er dich überhäufte! Setze die Krone, die er mit dir teilen wollte, auf Dein eigenes Haupt, und räche so auch mich, deren Rache er herausforderte. Willst du, Sintram? Zögere nicht, eine Krone, ein Königreich ist der Lohn der kühnen, der gerechten Tat."

Sintrams Schwert klirrte laut, und Sintram schwankte. Der böse Dämon wurde mächtig in ihm, und stieg wie ein Riese in seiner Brust auf.

„Ich räche dich und mich!" flüsterte, er mit gepresster Stimme. „Mein Schwert durchbohrt ihn, oder ich liege erschlagen zu seinen Füssen, ehe drei Tage vergangen sind!"

Die Königin stieß einen leisen, zornesfreudigen Schrei aus, und fasste heftig die Hand des Jünglings.

„Möge dich der Gott der Rache stark und sieghaft machen." rief sie. „Bald sehen wir uns wieder!"

Sie eilte fort und verschwand in dem Dickicht. Sintram aber sank nieder in dem Dunkel des Walds, und ein finsterer, blutiger Geist, der Geist des Mordes, schwang seine Fittiche über ihn.

Drei Tage später saß Alboin wieder in der Mitte seiner Helden. Er sprach leise freundliche und versöhnende Worte zu seiner Gemahlin, die marmorkalt und stumm an seiner Seite thronte. Sie hörte kaum auf seine Rede, und wenn nicht zuweilen ein eisiges Hohnlächeln ihren schönen Mund umspült hätte, würde man sie für ein lebloses Gebilde halten können. Endlich wendete sich Alboin von ihr ab, und trank manchen Becher Weins, um seinen Unmut zu vertreiben, und eine heitere Stimmung in seiner Seele zu erwecken.

Der schonen Königin Rosamund entging dies nicht, und sie warf einen kurzen, bedeutungsvoll fragenden Blick zu Sintram hinüber, der bleich, aber mit fester Entschlossenheit auf seinem jugendlichen Gesicht, ihr gegenüber saß. Sintrams Antwort war ein leises Klirren mit dem Schwert, und die Königin verstand ihn.

Der Tag war heiß. Glühend brannte die Sonne vom Himmel nieder, und eine drückende Schwüle beengte die Brust aller atmenden Wesen. Alboin, noch mehr erhitzt vom Wein und den in ihm kämpfenden Gefühlen, warf sein leichtes Panzerhemd, und was ihn sonst von seiner Kleidung drücken mochte, von sich. Dies verschaffte ihm jedoch keine Erleichterung; die hellen Schweißtropfen perlten auf seiner Stirn, und er stand endlich auf, um sich in sein kühles Schlafgemach zu begeben um einen kurzen Schlummer zu genießen.

„Lasst Euch nicht stören, meine tapferen Freunde." sagte er im Hinausschreiten zu seinen Gästen. „Ich habe vor im Schlaf Ruhe und Kühlung zu finden, und Ihr werdet mich daher heute nicht mehr sehen."

Er ging; die hohen Flügeltüren fielen krachend hinter ihm zu, und seine Helden zechten weiter, und betäubten ihre Sinne mit dem süßen, funkelnden Wein.

Da winkte die Königin dem jungen Sintram, erhob sich von ihrem Sitz und schritt hinaus. Der Jüngling leisen, schleichenden Trittes ihr nach. Niemand achtete auf die beiden.

Durch hohe Säle, über lange Korridore ging die Königin voraus. Ihr langes, schwarzes Gewand rauschte auf dem Marmorboden; Sintrams Schwert und Sporen klirrten; sonst vernahm man nirgends einen Ton, ein Geräusch. Viele Augen hatte die drückende Mittagsschwüle zufallen lassen, und kein Wächter konnte das nahende Unheil vom Haupt des schlummernden Königs fernhalten. Plötzlich blieb die Königin stehen, und wandte sich zu ihrem Begleiter. „Lege Deine Sporen ab und presse Dein Schwert an den Leib." flüsterte sie. „Ihr Klirren könnte uns verraten, und den König aus dem Schlaf erwecken."

„Das eben soll's!" erwiderte Sintram finster. „Meinst du, dass ich den Schlummernden ermorden werde? Nein, er soll fallen in ehrlichem Kampf, wie es einem Heldenkönig geziemt."

„Er wird dich erschlagen!" rief die Königin. „Kennst Du Alboins unwiderstehliche Riesenkraft nicht. Keiner lebt auf Erden, der ihn besiegen kann."

„Dafür lass mich sorgen, Königin." entgegnete Sintram mit düsterem Lächeln. „Niemals wird er lebend sein Schlafgemach verlassen. Nun zögere nicht mehr, und geh' voran."

Die Königin rauschte davon; Sintram ging sporenklirrend hinter ihr drein.

„Dies ist sein Schlafgemach!" sagte Rosamund. „Bist Du bereit?"

Einen Augenblick stand Sintram, und zum letzten Mal nahte ihm sein guter Wille. Er fühlte sein Herz schmelzen und eine Träne glänzte in seinem dunklen Auge. „Es tut mir Leid um des edlen, des hohen Helden." murmelte er.

„Der dich verhöhnt und verachtet, Schwächling!" flüsterte wild die Königin.

„Ja! Ja! es ist beschlossen!" rief Sintram. „Nur den Kühnen lächelt das Glück! Er muss durch meine rächende Hand fallen!"

Er zog sein Schwert, stieß die Tür auf und trat mit der Königin in das stille Schlafgemach.

Da lag der König, halb entkleidet und ruhig schlummernd auf den seidenen Kissen. Fessellos umwallte sein reiches, blondes lockiges Haar das schöne, von Kraft, Mut und Stolz zeugende Gesicht. Ein Arm stützte das Haupt, der andere ruhte lässig auf dem weichen Stuhl. Neben dem König, auf dem goldenen Tisch lag sein breites, glänzendes Schwert und seine Krone. Einen langen, halb düstern, halb wilden Blick heftete Sintram auf die schöne, in süßer Ruhe hingegossene Heldengestalt, dann schaute er die funkelnde, mit Edelsteinen geschmückte Krone an, und eine finstere, dämonische Glut flammte in seinem Auge. Die Königin in ihrem langen, schwarzen Gewand stand neben ihm, wie ein drohender Rachegeist. „Töte ihn!" zischte sie ihm leise zu. Sintram überwand sich, und trat dicht an das Lager des Königs heran.

„Alboin! Alboin!" rief er mit hallender Stimme; „Alboin, erwache! Deine Stunde ist gekommen, Du musst sterben!"

Alboin fuhr aus dem Schlaf, richtete sich in die Höhe, und starrte Sintram verwundert an.

„Was möchtest du, mein Bruder?" fragte er verwirrt. „Und was willst du, Rosamund? Warum stört Ihr mich in der Ruhe?"

„Rache begehren wir!" rief die Königin mit drohend erhobener Hand und wild glühendem Blick. „Rache für die Schmach, die Du mir, Rache für die Schmach, die Du Sintram angetan hast. Stehe auf, und kämpf um Dein Leben, denn Du musst sterben!"

„Und Du willst mit mir kämpfen auf Leben und Tod, Sintram?" fragte der König. „Was habe ich dir getan, dass Du mich verfolgst?"

„Du hast mich geschmäht, Du hast Dein Wort gebrochen, Du hast mir die Krone verweigert, und darum wird dich der Tod von meinem Schwert ereilen! Auf, König Alboin!"

Zornsprühend sprang Alboin in die Höhe, wie ein edelstolzer, gereizter Löwe, und griff nach seinem Schwert. „So hab' es denn!" rief er. „Hüte dich aber! Du kämpfst mit einem, der noch nie besiegt wurde!"

Sintram hieb zu, und schmetternd flogen die Klingen hinüber und herüber. Der König, aller Helden Tapferster, schlug gewaltig, aber noch gewaltiger traf Sintrams mit dem Fluch beladenes Schwert. Nach kurzem Gefecht taumelte Alboin mit zerhauener Waffe und einer tiefen, blutenden Stirnwunde auf sein Lager nieder, und der nahende Tod bleichte seine edle Stirn.

„Nimm die Krone." sagte er mit matter Stimme. „Du hast tapfer darum gefochten, und bist hochherrlicher und gewaltiger, als ich, der Preis des Heldentums. Nimm sie; auch sterbend von Deiner Hand gönne ich sie dir, denn trotz allem hege ich keinen Zorn gegen dich! Leb' wohl, Sintram! Leb' wohl."

Und mit dem letzten Wort entfloh die Seele des edlen Königs, und sein Körper lag da, lang ausgestreckt und starr, eine blutige Leiche.

Ein fürchterlicher, herzbrechender Schrei gellte von Sintrams Lippen, er schleuderte mit einem Fluch sein Schwert von sich, und brach an dem Lager des ermordeten Freundes zusammen.

Die Königin aber lachte höhnisch, und starrte mit verdunkeltem Blick auf die Leiche ihres

Gemahls. Dann schauerte sie plötzlich zusammen, ihr Lachen verstummte, eine unendliche, tiefe Traurigkeit lagerte sich auf ihrem Antlitz, und in Tränen ausbrechend, verließ sie fluchtartig die grauenhafte Stätte der blutigen Tat. Der Wahnsinn schwang seine dunklen Schwingen über ihrem Kopf. In dem Schlafgemach Alboins aber war es totenstill, und der Ohnmächtige lag regungslos bei dem Erschlagenen.

6. Kapitel
König Sintram

Die königliche Leiche Alboins war mit hochherrlichem Prunk bestattet worden.

Sintram verließ sein Gemach nicht. Er jammerte und weinte laut, und seine Klagen erschütterten die Herzen der Palastbeamten. Niemand aber ahnte dass er der Mörder war, denn die Königin Rosamund hatte sich selbst in unheilbarem Wahnwitz als die Täterin des Mordes angeklagt, und büßte ihr Verbrechen mit lebenslanger Verbannung in einem Kloster.

Die Fürsten und Edlen des Reiches versammelten sich zur neuen Herrscherwahl, und einstimmig wurde Sintram zum König auserkoren. Man kannte seinen Heldenmut, seine Tapferkeit, und viele wussten, dass

Alboin ihn selber zu seinem Nachfolger bestimmt hatte.

Die Vornehmsten und Edelsten des Lands wurden erwählt, dem neuen Herrscher die Krone und das Zepter zu überbringen. Sie begaben sich an die Tür seines Gemachs und verlangten Einlass. Sintram öffnete, fuhr aber mit einem Schreckensruf zurück, als er auf samtenem Kissen die Krone erblickte, deren Glanz ihn zu einem mutigen Verbrechen verlockt hatte.

„Verschwindet!" rief er aus. „Geht weg, an der Krone klebt das Blut meines Königs, und verbrennt mir das Herz!"

Mit starrem Erstaunen schauten die Abgesandten auf den verwilderten Jüngling. Sein früher dunkel glänzendes Haar war vor Kummer und Reue erbleicht, seine Augen rollten tief und brennend in ihren Höhlen, und seine Lippen zuckten wie in unsäglichem

Schmerz. Eine finstere Ahnung der Wahrheit flog durch ihre Herzen, und so blieben sie scheu am Eingang des Gemaches stehen.

„Was wollt Ihr?" fragte Sintram endlich gefasster, indem er sich niedersetzte und sein Gesicht in den Händen verbarg.

„Dir die Krone des Lands bringen." erwiderte nach kurzem Schweigen der Älteste der Abgesandten.

„Du warst der Freund des Königs und sein erwählter Nachfolger; so herrsche nun über uns. Wir erkennen freiwillig Deine Macht an."

Sintram zog langsam seine Hände von den Augen weg, und starrte mit stierem Blick auf die Krone hin.

„Das also ist der Lohn meiner Bluttat!" murmelte er so leise vor sich hin, dass niemand seine Worte vernehmen konnte.

Plötzlich raffte er sich gewaltsam zusammen, ergriff den funkelnden Schmuck, und drückte ihn mit eigenen Händen auf seine Locken. Ein Schauer durchrieselte seine Gebeine, als das Gold seine bleiche Stirn kältete, aber er bezwang ihn. Stolz und voll königlicher Hoheit trat er unter die Abgesandten, und schritt ihnen voran auf den Balkon, wo der tausendstimmige Jubelruf des Volkes ihn begrüßte.

Bittere, reuevolle Gedanken zerfleischten Sintrams Herz beim Hören des jauchzenden Zurufs. Es war ihm, als ob der bleiche Schatten des erschlagenen Königs neben ihm stehen würde, und als ob diesem die jubelnden Willkommensrufe gelten, nicht aber ihm, der ihn erschlagen hatte. Dennoch hielt er sich aufrecht, verneigte sich stumm gegen das Volk, begrüßte es schweigend mit seiner Rechten und trat zurück in den Palast.

Das Geschrei der Menge tönte ihm nach, und scholl wie tausendfacher Fluch und Wehruf entmarkend in sein Ohr.

Die Ritter und Edlen führten ihn zum festlichen Mahl. Er setzte sich nieder an der Stelle, wo früher Alboins kühne und erhabene Gestalt gethront hatte, und schauderte zusammen. Die Pokale klangen, der süße, feurige Wein floss in Strömen, die Helden jauchzten dem König zu, und die Barden stimmten rauschende Lieder an zu seinem Ruhm — Sintram saß stumm und düster, und die Ruhe blieb fern von seinem Herzen; kein Strahl der Freude erhellte sein verfinstertes Gemüt.

Sein heißester, sein brennendster Wunsch war erfüllt worden, wo aber weilte das Glück, das er sich einst davon versprach? Es war untergegangen und verschlungen von der bittersten, der nagendsten Reue! Mitten im

Glanz der königlichen Herrlichkeit sehnte er sich zurück in die einsame väterliche Burg, sehnte er sich die Ruhe im Herzen zurück, den Frieden seines Gewissens. Alle Pracht, alle Hoheit widerte ihn an. Er war, obwohl ein König, der Unglücklichste und Beklagenswerteste von seinem ganzen Volk.

Und als das Gastmahl endete, die Fürsten ihn verließen, und die Nacht hereinbracht, zog er sich in sein einsames, stilles Gemach zurück, wo alle seine mühsam aufrecht erhaltene Seelenkraft mit einem Mal zusammenbrach. Er warf die Krone weit von sich, und sank weinend nieder auf die seidenen Kissen seines Gold geschmückten Lagers. Lange lag er da in unendlichem Schmerz, und eine unwiderstehliche Sehnsucht nach der fernen Heimat überkam plötzlich sein zerrissenes Herz. Die Warnungen seines greisen Vaters fielen ihm ein, und er sah, wie seine Worte in Erfüllung gegangen waren, und wie wahrlich das Böse als Frucht vom Bösen entstanden ist. Und wie er sich an den finsteren Dämon erinnerte, da stand er auf, ergriff sein Schwert, und zerbrach es gewaltig in seinen Händen. Als es in Stücke zersprang, schrillte ein seltsamer Ton durch das Gemach; Sintram aber fühlte sich leichteren Herzens warf die Stücke der zerbrochenen Waffe in den tiefen Brunnen des Schlosshofes. Dann schritt er in die verlassene Halle zurück, betrachtete traurigen Blickes die schimmernde Königskrone, nahm sie, und setzte sie still auf König Alboins goldenen Schlachthelm.

„Ich will dich niemals mehr tragen." murmelte er leise, vor sich hin. „Wählt Euch einen anderen König, tapfere Langobarden, einen König, der würdiger ist, als ich der blutbefleckte Jüngling, den Thron des erschlagenen Helden zu besteigen. Ich verlange nicht mehr nach Macht! Mein Name soll vergessen werden, und soll niemals genannt werden."

Gebeugten Hauptes, und ein schmerzlich wehmütiges Lächeln auf seinen Lippen verließ der junge König die prächtige Halle, kleidete sich in ein dunkles Gewand, zog ein Ross aus dem Stall, setzte sich darauf und ritt langsam aus Pavia hinaus den entfernten Bergen zu und der weit entlegenen Heimat. Nie ruhte sein Haupt unter einem andern Obdach, als dem Himmelszelt. Seinen Hunger stillte er mit den Beeren und Wurzeln des Waldes, seinen Durst mit dem Wasser rieselnder Quellen. Friedlos und freudlos, allein mit der nagendsten Reue, allein mit seinem zerbrochenen Gemüt ritt er über Berg und Tal. Die Vögel sangen fröhlich in den grünen Zweigen, das Wild hüpfte munter und vergnügt in den Räumen des Waldes umher, und die stumme Natur lächelte wunderbar schön in all ihrer Herrlichkeit. Sintram sah nichts und fühlte nichts und achtete nichts. Oft aber murmelte er in tiefer Betrübnis: „Vom Bösen kommt Böses, und keine heilsame Frucht wächst auf einer Giftpflanze. O, dass ich Alboin erschlug mit dem Fluch bringenden Schwert. Wehe mir! Wehe mir Armen!"

7. Kapitel
Elfenkönig Bradamant

Nachdem Wolfram von seinem Bruder Abschied genommen hatte, trabte er über Schnee und Eis immer dem Norden zu, und gelangte nach manchem mühseligen Tag an die Küste des Meeres. Da hielt er mit seinem Ross, schaute nachdenklich über die Fluten, und schüttelte missmutig den Kopf. „Wie soll ich über das viele Wasser kommen?" fragte er sich selbst; „Hinüber reiten kann ich ja nicht!"

Er trabte eine ganze Strecke am Ufer entlang, und meinte irgendwo eine Brücke oder eine zum Überqueren geeignete flache Stelle zu finden, die ihn in das ersehnte nordische Land würde hinüber lassen. Von der unendlichen Ausdehnung des Meeres hatte er keinen Begriff, und hielt das breite

Gewässer vor ihm für nichts anderes, als einen großen, mächtigen Strom, wie er auf seiner Fahrt schon mehrere überschritten hatte.

Wie er aber auch suchte und spähte, eine Brücke entdeckte er nicht, und eben so wenig einen natürlichen Übergang. Aber er entdeckte dafür einige einfache Fischerhütten, und beschloss, sich hier nach dem weiteren Weg genau zu erkundigen.

Er stieg von seinem Ross ab, band es an einem Pfahl fest, und trat in die erste beste Hütte hinein.

Da erblickte er einen alten Fischer und dessen Frau die beide fleißig an einem Netz flickten und erschreckt aufsprangen, als so unverhofft der hohe, glänzend und geharnischte Rittersmann waffenklirrend in ihrem engen Stübchen stand.

„Fürchtet Euch nicht, liebe Leute." sagte Wolfram; „Ich will Euch nichts Böses tun, und nur von Euch erfahren, ob ich denn nicht irgendwo über den breiten Fluss kommen kann, der da draußen dicht vor Eurem Häuschen vorüberströmt."

Als Wolfram so freundlich sprach, ging der Fischer auf ihn zu, und reichte ihm gutmütig lächelnd die Hand zum Willkommen.

„Nein, lieber Herr," antwortete er, „über das Wasser da führt nirgends ein Steg, denn es ist kein Fluss, sondern das Meer selber, auf dem der geschickteste Baumeister lange zimmern könnte, ehe er eine Brücke hinüberschlüge."

„Aber wie soll ich denn nach Norwegen kommen?" fragte Wolfram mit so heftiger und rascher Bewegung, dass sein ganzes Rüstzeug erklirrte. „Ich muss nach Norwegen, und wenn andere Leute es geschafft haben hinüber zu kommen, werde auch ich hinüber kommen können!"

„Ja gewiss, das könnt Ihr auch," erwiderte der Fischer; „aber nur nicht auf einer Brücke, sondern auf einem Schiff."

„So, so!" entgegnete Wolfram ruhiger; „aber wo und wie soll ich zu einem Schiff kommen? Ich selber kann mir doch keines bauen."

„Das ist auch gar nicht nötig, junger Held." sagte der Fischer. „Wenn Ihr ein paar Tage mein Ausguck sein wollt und fleißig auf das Meer hinausschaut, werdet Ihr bald genug ein Schiff entdecken, da sehr viele von diesen hier an der Küste vorübersegeln. Wenn ihr sie fragt werden sie Euch vielleicht hinbringen, wohin Ihr wollt."

„Gut, so will ich bei Euch warten, Alter, und mich ein wenig ausruhen, denn der lange Ritt im harten Winter hat mich doch ein wenig müde gemacht;" sagte Wolfram, legte ohne weitere Umstände seine Waffen von sich und machte es sich ganz bequem.

Der alte Fischer warf noch ein Paar Holzscheite in den großen Kachelofen, rückte den Armstuhl für den Gast an die behaglichste Stelle, sorgte geschäftig für Speise und Trank, und freute sich, als es dem jungen Ritter in seinem Häuschen recht wohl und gemütlich war.

Lange Tage hindurch verweilte Wolfram bei den ehrlichen Fischerleuten, und spähte Stunden lang nach vorübersegelnden Schiffen aus. Viele gehorchten seinen Winken und Rufen nicht, viele flogen zu rasch und zu weit entfernt vom Ufer vorüber, als dass die Besatzung seine Stimme hätte vernehmen können und manche wollten ihn nicht hören. Er wurde schon recht ungeduldig und missmutig.

Da stand er eines Abends bewaffnet am Strand und schaute weithin über die ruhig wogende Flut. Es war schon Frühling geworden; die Blumen sprossten aus dem fruchtbaren Boden, die Bäume knospten und schlugen aus, die Vögel sangen, und laue Winde fächelten warm und mild über die aus starrem Winterschlaf erwachende Erde. Und wie er so hinausblickte, entdeckte er im goldenen Schimmer der untergehenden Sonne ein stattliches Fahrzeug in der Ferne, welches raschen Fluges die Wellen durchschnitt, und seinen Lauf genau auf das Ufer zuhielt. Und wie es näher kam, bemerkte er mit Staunen, wie seltsam es ausgerüstet war. Am Heck wehten schwarze Wimpel, schwarze Segel flatterten an den Masten; der Rumpf war schwarz bemalt, und das ganze Fahrzeug schien mehr ein großer, schwimmender Sarg zu sein, als ein Schiff, in welchem fröhliche Menschen wohnen.

Mittlerweile dunkelte jedoch die Nacht herein, und Wolfram schritt, als sein Auge nicht mehr die Finsternis durchdringen konnten, kopfschüttelnd in das Fischerhäuschen zurück, und erzählte dem Fischer, was er gesehen hatte.

„Was mag es bedeuten?" fragte er.

Der alte Fischer konnte ihm keine befriedigende Auskunft geben, und sie sprachen noch beide über das wunderliche Fahrzeug, als plötzlich von außen an die Tür geklopft wurde, und ein helles, feines Stimmchen Einlass begehrte. Sogleich eilte der Fischer hinaus, öffnete die Tür, und kehrte bald darauf in Begleitung eines wundersam ausschauenden Wesens zurück.

Ein kleines Männchen war es, das in die Stube trat, kaum zwei Schuh hoch, aber von höchst anmutiger und lieblicher Gestalt. Von Kopf bis zu den Füßen umhüllte es ein enges, schwarzes Gewand, hie und da mit Perlen, und Edelsteinen geschmückt. Eine kleine Krone von dunkelroten Rubinen strahlte auf seinem Haupt. Ein kleines Schwert klirrte an seiner Hüfte und ein winziger Dolch mit schwarzem Griff steckte in seinem Gürtel. Sein Angesicht glänzte hell und leuchtend, und seine großen schwarzen Augen funkelten seltsam und wunderbar, fast wie dunkel schimmernde Funken strahlende Edelsteine. Das Männchen schaute ganz dreist und zutraulich umher, und schritt sogleich auf Wolfram zu, der verwunderungsvoll die überraschende Erscheinung anstarrte.

„Dich habe ich am Strand gesehen im blitzenden Waffenschmuck." sagte das Männchen, indem es sich tief vor dem jungen Ritter verneigte, mit lieblich tönender

Stimme. „Du bist genauso ein Ritter, wie ich ihn schon lange suche, und wirst mir gewiss helfen, wenn ich dich darum bitte."

„Aber," fragte Wolfram, „wer bist Du denn eigentlich, und wie heißt du? In meinem ganzen Leben ist mir ein so seltsames Geschöpf, wie Du eines bist, noch nicht vorgekommen!"

„Ei, mein tapferer Held, hast Du noch niemals von den Elfen gehört?" fragte der kleine Fremde zurück. „Ich bin ihr König im Land Norwegen, und mein Name ist Bradamant."

„In Norwegen?" rief Wolfram heftig, und fuhr mit der Hand nach seinem Dolch. „Kannst Du mich dahin bringen?"

„Gewiss kann ich das," antwortete das Männchen, „denn eben darum bin ich ja herüber gekommen. Ich habe dir doch schon gesagt, dass Du mir helfen sollst, willst Du denn das?"

„Warum nicht?" erwiderte Wolfram. „Doch muss ich vor allem wissen, gegen wen und zu was?"

„Höre zu, ich erzähle es dir." sagte Elfenkönig Bradamant. „In meiner Heimat in Norwegen führe ich mit meinem Volk in den unterirdischen Höhlen der eisbedeckten Berge ein stilles Leben voll emsiger Tätigkeit. Meine Elfen wissen die edlen Erzgänge unter allem tauben Gestein aufzufinden, sie wissen wie die funkelnden Edelsteine erforscht werden müssen, und pochen und hämmern Tag und Nacht, um sie aus den Tiefen der Erde an Tageslicht herauf zu fördern. Mir, dem König übergeben sie die köstlichen Schätze; ich berge sie in meiner kristallenen Höhle und wache über ihnen als ein getreuer Hüter. Die bösen

Gnomen aber lauern und spähen danach, und versuchen unseren mühsam errungenen Schatz hinterlistig zu rauben."

„Und eines Tages geschah es, dass ich zu meinen Arbeitern in den Schächten und Stollen hinabstieg, und vergaß, die diamantene Pforte meiner Höhle zu verschließen, die Gnomen merkten es, und meldeten es ihrem Fürsten Aglant. Der nahm die Gestalt eines schrecklich anzusehenden Drachens an, kroch hinein in meine Höhle, weidete seine Augen an unseren unermesslichen Schätzen, und legte sich neben sie als ein grimmiger, schier unüberwindlicher Hüter. Wir armen Elfen sind viel zu schwach, ihn zu bekämpfen, und Aglant in seiner Drachengestalt spottet unserer Tränen und belacht unser Flehen. Darum rüstete ich ein Schiff aus, und beschloss, von Land zu Land zu fahren, um einen tapferen Helden zu finden, dessen Stärke und Mut uns wieder zu unserem Eigentum verhelfen könnte. Da wir über die Gewalt die uns angetan wurde trauern und wehklagen, führen wir schwarze Wimpel und Segel auf unserem Schiff, bis ein edler Ritter sich bereit erklärt, für uns zu kämpfen und auf diese Weise unsere Traurigkeit in Freude und Jubel zu verwandeln."

Wolframs Augen blitzten und seine Wangen glühten vor Kampfeslust.

„Höre zu, König Bradamant," sagte er, „sind denn Eure Schätze wirklich so groß, dass sich dafür ein Kampf um Leben und Tod lohnt?"

Der Elfenkönig lachte und erwiderte mit seinem hellen und feinen Stimmchen: „Sieh' sie dir nur einmal an, und dann tu', was Du willst. So viel aber kann ich dir sagen, dass die Schätze aller Fürsten der Erde zusammen genommen noch nicht den zehnten Teil so viel wert sind, als nur allein die Juwelen, die in meiner Kristallhöhle liegen, das viele Gold und Silber gar nicht gerechnet."

„Aber was wird mein Lohn sein, wenn ich den Drachen töte?" fragte Wolfram.

„Die Hälfte aller Schätze sind dein." antwortete Bradamant.

„Gut, ich werde dir folgen, und ginge es auch geradeswegs in die Hölle." rief Wolfram, indem er waffenklirrend in die Höhe sprang und dem Elfenkönig die Hand schüttelte. „Komm', komm'! Rüste Dein Schiff und zögere nicht, denn ehe der Tag anbricht, müssen wir schon auf dem Meer sein."

Der Elfe nickte mit seinem Köpfchen. „Wenn Du so große Eile hast," sprach er, „so habe ich nicht weniger davon, und wenn es dir recht ist, so lass uns gleich los segeln. Ehe ein Tag vergeht, werden wir in unsere Heimat gelangen, denn wunderbar schnell schießt mein Schifflein durch die Fluten. Nimm Deine Waffen und folge mir."

Wolfram setzte seinen Helm auf, rüstete sich zur Abfahrt, und wandte sich endlich zu seinem Gastfreund, dem schlichten Fischersmann.

„Leb' wohl." sagte er zu ihm. „Wenn Du mich wiedersiehst, so bin ich reicher, als ein König, und werde dich königlich belohnen. Kehre ich aber nicht zurück, so denke nur immer, dass ich in sieglosem Kampf gefallen bin, und behalte zum Dank für Deine Gastfreundschaft mein edles Ross. Mitnehmen kann ich's nicht, und darum überlasse ich es Deiner Pflege. Willst Du für das treue Tier sorgen?"

„Ja, ich will es, edler Herr!" erwiderte der Fischer treuherzig. „Verlasst Euch auf mich, der edle Hengst soll Eure Pflege nicht vermissen."

Hierauf umarmte Wolfram den Fischer und seine Frau, küsste beide herzlich und freundlich, und folgte dann dem Elfenkönig nach auf sein Schiff.

8. Kapitel
Der böse Dämon

König Bradamant geleitete den jungen Ritter in die Kajüte hinab, und schlug ihm vor, sich durch einen ruhigen Schlaf für den bevorstehenden Kampf mit dem Drachen zu stärken. Da sich aber Wolfram weigerte, ließ er Lichter anzünden, die Tafel decken, Speisen und Wein auftragen, und seinen Gast auf das Köstlichste bewirten. Die feurigen Weine der Elfen machten aber den Ritter müde und so warf er sich behaglich auf ein weiches Ruhebett. Augenblicklich erscholl die lieblichste Musik. Entzückende Töne und Klänge umrauschten ihn, und im süßesten Sinnen und Träumen schloss Wolfram die Augen und entschlummerte, ohne es zu wollen oder zu wissen.

Das aber war genau das, was König Bradamant gewünscht hatte. Auf seinen Wink verstummte die Musik, die Tische mit den Speisen und dem köstlichen Wein verschwanden ohne Geräusch, die Lichter erloschen, und auf dem ganzen Schiff wurde es totenstill. Man vernahm nichts, als das Rauschen des Wassers und das Wehen des Windes, der machtvoll in die Segel hauchte, und das Fahrzeug mit fliegender Eile vor sich herjagte.

Der Morgen dämmerte, der Tag kam, und wieder wurde es Nacht, und noch immer schlief Wolfram, und regte sich nicht. Als aber am nächsten Morgen die Sonne aufstieg, und mit ihren Strahlen die eisgekrönten Bergspitzen der norwegischen Küste vergoldete, da trat König Bradamant an das Lager des schlummernden Jünglings, berührte seine Stirn mit dem Finger, und weckte ihn auf. Waffenrasselnd sprang Wolfram in die Höhe.

„Wir sind am Ziel, tapferer Ritter." sagte der Elfe. „Fühlst Du dich stark und rüstig genug, den Kampf mit dem Drachen zu bestehen?"

„Natürlich!" rief Wolfram. „Wo ist er? Ich fühle mich stark, wie nie."

„Das macht der Schlummer, der dich gefesselt hielt." erwiderte lächelnd König Bradamant. „Komm herauf auf das Verdeck und schau' dich um, die Küste liegt dicht vor unseren Augen."

Wolfram folgte dem König, und als er auf das Verdeck trat, schaute er mit flammenden Blicken umher. So weit sein Auge reichte, erblickte er himmelhohe Berge, von deren mächtigen Eisspitzen und Schneefeldern das Licht der Sonne prachtvoll zurückstrahlte. Sie schimmerten und funkelten, als ob sie von poliertem Silber geformt wären. Steil und schroff stiegen sie aus dem Meer auf, und nirgends zeigte sich eine Bucht oder ein Hafen, wo das Schiff der Elfen hätte landen können.

„Wie sollen wir an das Ufer kommen?" fragte Wolfram. „Nur ein Vogel vermag diese glatten, hohen Berggipfel zu erreichen."

„Darum musst Du dir keine Gedanken machen, denn meine Elfen werden für alles sorgen." entgegnete König Bradamant. „Sieh', eben jetzt biegen sie um einen Vorsprung, und — da wären wir!"

Eine enge, kleine Bucht, die bisher von einem weit vorspringenden Felsenriff verborgen war, tat sich auf. Sie fuhren hinein, warfen die Anker aus, und stiegen ans Ufer, das an dieser Stelle niedrig und sanft ansteigend das Meer begrenzte.

„Folge mir!" sagte Bradamant zu Wolfram und schritt eilig über den knitternden Schnee hinweg.

Sie gelangten an eine breite hohe Felsenwand, schlüpften durch eine enge Spalte und standen plötzlich vor einer hohen, prächtig funkelnden Flügeltür, die seltsam gegen das rauhe Gestein abstach, in welches sie eingefügt war.

Dies ist der Eingang zu meiner Höhle, in welcher der Drache meine Schätze behütet." sagte Bradamant leise. „Noch besteht die Möglichkeit, umzukehren, falls Du Deinen Entschluss bereuen solltest. Einen Schritt weiter, und Du musst auf Leben und Tot kämpfen. Du oder der Drache, einer muss fallen."

„Dann sei es der Drache!" rief Wolfram kampfesfreudig, und stieß mit dem Fuß die Flügeltür auf.

Mit gezücktem Schwert trat er in eine hohe Halle, deren kristallene Decke und Wände ein helles, strahlendes Licht ausströmten. Hinten im fernsten Winkel lag ineinander gekauert der Drache, riesengroß und schrecklich anzuschauen in seiner scheußlichen Gestalt. Neben ihm funkelten, zu kleinen Hügeln angehäuft, die köstlichsten Edelsteine, rings umher Gold- und Silberbarren welche zu Mauern aufgeschichtet waren. Wolframs Augen strahlten bei diesem Anblick, und ohne Furcht schritt er auf den Drachen zu, der bei seinem Näherkommen langsam die riesigen Glieder auseinander ringelte und mit giftig drohendem Blick den verwegenen Ritter anstierte.

„Entweiche!" tief Wolfram mit hallender Stimme, indem er frisch und fröhlich sein blitzendes Schwert in der Luft schwang. „Entweiche oder Du musst sterben!"

Der Drache, anstatt zu fliehen, peitschte mit seinem schuppigen Schweif wild umher, und stieß wütend dumpf grollende Töne aus. Zugleich brach ein heißer Flammenstrom aus seinem weit geöffneten Rachen, und erfüllte die Halle mit erstickender Glut und schwefligem Dampf.

„Warte!" rief Wolfram, wenn Du nicht freiwillig davon gehen willst, so werde ich dich zwingen."

Und ohne auf die Flammen und erstickenden Dämpfe zu achten, stürzte er auf den Drachen los, und in furchtbaren Hieben rasselte sein Schwert auf den Schuppenpanzer desselben nieder. Der Drache stöhnte und brüllte, aber das Schwert Wolframs prallte machtlos an dem undurchdringlichen Panzer des Untiers zurück. Er verdoppelte seine Hiebe und kämpfte mit der äußersten Anstrengung, aber immer mit dem gleichen unglücklichen Erfolg.

Der Drache drängte ihn mehr und mehr zurück, die sengende Glut, die seinem Rachen entströmte, lahmte seine Kraft, und letztendlich zersplitterte sogar sein Schwert bei einem gewaltigen Hieb, den er auf den Nacken des Tiers führte, in tausend Stücke.

Nun stand er wehrlos da, und sah sich schon als Verlierer des Kampfes. Der Drache stieß ein triumphierendes Geheul aus, und schaute seinen entwaffneten Feind mit boshaft tückischem Blick an. Gerade aber, als das Untier auf Wolfram losstürzte, erinnerte sich der junge Held an den Dolch, den er von dem Dämon seines Hauses empfangen hatte, und riss ihn mit einem Freudenschrei aus der

Scheide. Diesen hoch in der Faust schwingend, fiel er über den Drachen her, riss ihn, in unauflöslicher Umarmung zu Boden, und bohrte die glänzende Waffe tief in seine unbewehrte Brust. Der Stahl durchdrang das Herz des Untiers, und augenblicklich sank es tot nieder, und streckte zuckend seine riesigen Glieder weit von sich. Wolfram aber sprang freudig in die Höhe, und sein schallender Siegesruf lockte den Elfenkönig herein, der bisher voller Angst draußen vor der Höhle auf das Getöse des heftigen Kampfs gelauscht hatte. Jubelnd sprang er durch die geöffnete Flügeltür, und umarmte den Sieger mit Freude und Entzücken.

„Habe Dank!" rief er aus. „Du hast Dein Wort ehrlich eingehalten, und dich als einen tapferen und starken Helden glänzend bewährt. Wie versprochen darfst Du dir nun die Hälfte meiner Schätze nehmen!" Freudig übergebe ich sie in Deine Hände." Wolfram löste sich aus der Umarmung des kleinen Elfenkönigs, trat hin zu den blitzenden Edelsteinen und den schimmernden Gold- und Silberbarren, und überschaute alles mit leuchtendem Blick. Sein Herz labte sich ausgiebig an den glänzenden Gütern. .

„Wohlan," sagte er, „teile die Schätze in zwei gleiche Hälften, und dann lass mich ziehen."

Der König zögerte nicht; er legte sein ganzes Hab und Gut in zwei gleichen Teilen zur Rechten und Linken, und behielt nur einen einzigen köstlichen Diamant zurück, den er in seinem Gewand verbarg. Als er sein Werk vollbracht hatte, wendete er sich zu Wolfram und sagte: „Wähle! Welcher Teil dir am besten gefällt, der soll Dein sein."

Wolfram hatte mit misstrauischem Auge den König beim Aufteilen der Schätze überwacht, und es war ihm daher nicht entgangen, dass Bradamant ein Kleinod von den übrigen Schätzen weggenommen und zu sich gesteckt hatte.

„Du hast, nicht ordentlich geteilt, König Bradamant," sagte er daher mit finsterem Blick; „es ist nicht richtig von dir, mich um meinen wohl erworbenen Lohn betrügen zu wollen." .

„O nein, das ist nicht meine Absicht, tapferer Ritter" erwiderte Bradamant erschrocken. „Sieh', ich nahm nur diesen einzigen Diamant. Er ist nicht mein Eigentum, und ich darf ihn nicht weggeben. Begnüge dich mit dem, was Du hast — es macht dich reicher, als alle Könige der Welt."

„Mag sein." antwortete Wolfram, in dessen Herzen der böse Dämon der Habsucht riesig aufstieg, mit finsterem Ernst. „Mag sein, dass Du Recht hast, und ich werde mich begnügen, wenn Du mir noch den Diamant da gibst. Ich will und muss ihn besitzen! Also hüte dich und reize nicht meinen Zorn."

„Hier nimm diese zwei dafür." antwortete König Bradamant. „Für dich haben sie mehr als den doppelten Wert dieses Kleinods, das ich nicht aus meinen Händen lassen darf. Auf ihm beruht das ganze Heil meines Stamms."

„Ich mäkle nicht, und schachere nicht, wie ein Kaufmann." rief Wolfram wild, indem eine düstere Zornesglut seine Stirn überzog. „Gib den Stein her, oder fürchte meine Rache!"

Vergebens versuchte König Bradamant den zürnenden Ritter zu besänftigen, vergebens bot er seine köstlichsten ihm noch gebliebenen Güter zum Ersatz für den Diamanten. Wolframs Habgier war einmal erwacht, und seine Leidenschaft verhärtete ihn gegen alle Bitten und Vorstellungen des kleinen Elfenkönigs. Am Ende wurde auch dieser heftig, und nannte den erzürnten Ritter einen geizigen und habsüchtigen Räuber.

Da war es, als ob ganz von selber sich der Dolch des bösen Dämons in Wolframs Hände gelegt hätte. Blitzesschnell schwirrte er durch die Luft und drang tief und tödlich in König Bradamants unbewehrte Brust ein. Ein Blutstrom quoll hervor, und ächzend sank der König zu Boden.

Allein stand Wolfram in der kristallenen Höhle, und mit dem rinnenden Blut des Elfen verrann sein ganzer Zorn. In Tränen ausbrechend, sank er neben dem König in die Knie, zog den Dolch aus der Wunde, und stieß ihn so heftig gegen den harten Kristallboden der Halle, dass er klirrend in Stücke zersprang. Dann versuchte er das strömende Blut zu stillen, und verschloss die Wunde mit seiner eigenen bebenden Hand. Zärtlich flehend rief er hundert Mal Bradamants Namen;

aber seine Stimme verhallte machtlos an den Wänden, und König Bradamant erwachte nicht wieder.

Da stand er endlich auf, nahm die Hälfte der Schätze, und ging traurig hinab an den Meeresstrand.

Zwar lag dort das Schiff noch vor Anker; die Elfen aber hatten es verlassen und sich ringsum in den Bergen zerstreut. Wolfram bestieg es, barg seinen Reichtum in der Kajüte des Königs, lichtete die Anker, spannte die Segel auf, und lenkte das Schiff seiner Heimat zu. Die Winde wehten frisch, und trieben das Fahrzeug in raschem Lauf vor sich her. Wolfram aber, freute sich dessen nicht. Still und bleich saß er am Steuer, und heiße Tränen entquollen seinen Augen. Er dachte weder an die gewonnenen

Schätze, noch an das früher ersehnte und nun errungene Glück. Seine böse Tat hatte es zum Unheil gewendet, und seine Gedanken verweilten einzig und allein bei dem schmählich ermordeten König Bradamant.

„Der Vater hatte Recht, als er mich warnte." murmelte er vor sich hin. „An unrecht erworbenem Gut klebt der Fluch des Unglücks, und niemals kann ich mich meines Reichtums erfreuen. Der Vater soll entscheiden, was mit ihm geschehen mag, und mit mir selber. Meine Tat muss gebüßt werden und soll es."

Das Schiff segelte weiter und landete, wie von unsichtbaren Händen geführt, an dem Strand, wo der Fischer seines Gastes harrte. Wolfram verließ das Fahrzeug, bestieg, ohne ein Wort zu reden, sein Ross, beschenkte den Fischer reichlich, und trabte in tiefen und schweren Gedanken der fernen heimatlichen Burg seiner Väter zu.

9. Kapitel
Sühnung

Wieder war es Winter geworden und der Schnee lag gleich einem weißen Tuch über der Erde; da saßen in der letzten Nacht des alten Jahres, der ehrwürdige Ritter Guntram und sein jugendlicher Sohn Kattwald in der Waffenhalle der Burg ihrer Väter. Die mächtigen Tannenscheite knatterten im Kamin, und verbreiteten eine behagliche Wärme. Draußen aber brauste der Sturm und umzog pfeifend und heulend die gewaltigen Steintürme der alten Burg.

Ritter Guntram war in tiefen Gedanken versunken, und schüttelte oft, sich selbst unbewusst, schwermütig sein greises Haupt. Kattwald saß ihm still gegenüber, und blätterte in alten Pergamenten. Eine ruhige Freudigkeit und Klarheit lag auf seinem hellen Antlitz, und wer tief in sein blaues Auge geschaut hätte, der hätte den Frieden erkannt, der unwandelbar in ihm lag.

„Wie spät ist es, mein Sohn?" fragte der greise Guntram plötzlich, indem er sich gerade aufrichtete, und den Jüngling liebevoll anschaute.

„Bald ist es Mitternacht, mein Vater." erwiderte Kattwald.

„Dann sind Deine Brüder nicht mehr fern. Sie kehren wieder, ehe das neue Jahr beginnt."

„Woher weißt Du dass, Vater?" fragte Kattwald überrascht. „Hast Du eine Botschaft von ihnen erhalten?"

„Nein, nein," antwortete schwermütig Ritter Guntram; „aber der mächtige Zauber unseres Hausdämons sichert sie selbst wider ihren Willen zur Burg zurück, wenn ein Jahr verflossen ist seit der Verleihung seines

Geschenkes. Heute ist die Nacht, und heute noch kommen sie."

„Aber, mein teurer Vater, warum freust Du dich nicht auf ihrer Rückkehr?" fragte Kattwald tief bewegt. „Mein Herz fliegt ihnen entgegen und ich sehne mich danach, sie wieder in meine Arme zu schließen."

„Freue dich nicht zu früh, mein Sohn." antwortete Guntram traurig mit dumpfer Stimme. „Sie kehren heim, aber unglücklich und mit zerbrochenen Gemüt. Sie schweifen schon lange in der Gegend umher, und umreiten allmählich unser altes Schloss, aber der böse Dämon verwehrt ihnen das Eindringen in die heimatlichen Räume. Ich weiß das schon seit Monaten, denn die Wächter des alten Turms, die Krähen und Eulen haben es mir verraten. Ich hörte sie ganze Nächte hindurch flattern und kreischen, und verstand ihre Zeichen nur zu gut. Aber heute haben sie keine Macht über die Unglücklichen, heute kommen sie, und — horch! — da sind sie schon!"

Ein dumpfes Pochen erschallte von der äußern Seite des Burgtores, und drang, wie rufend und flehend in die Halle hinein. Kattwald sprang auf, und eilte raschen Schrittes der Tür zu. Sein Vater aber hielt ihn zurück.

„Warte, Kattwald," befahl er, „ich will sie empfangen, und meine Arme sollen zuerst sie umschließen.

Schon vernehme ich ihre Schritte auf dem Burghof, jetzt auf den steinernen Stufen, sie kommen!"

Kattwald bezwang seine Gefühle, und trat bescheiden zurück. Der alte Ritter Guntram aber erhob sich langsam von seinem Lehnstuhl, und schritt hoch aufgerichtet durch die Halle. Und kaum hatte er die Mitte des Saales erreicht, da öffnete sich leise die Tür, und gebeugten Hauptes und todblassen Angesichts traten Sintram und Wolfram herein und blieben demütig beim Eingang der Halle stehen. Kattwald schreckte heftig zusammen, als er sie erblickte, denn lange schwarze Gewänder umwallten ihre Glieder, und von der vormaligen Keckheit der einst so frischen und rüstigen Jünglinge war nicht die mindeste Spur mehr geblieben. Guntram aber, der greise Vater, breitete weit seine Arme aus, und sein Auge verdunkelte sich von hervorquellenden heißen Tränen.

„Kommt, kommt an mein Herz, ihr Armen und Unglücklichen." rief er voll tiefen Schmerzes. „Ihr habt Böses getan, aber Ihr tatet es verblendet von Leidenschaft, und ich weiß, dass Eure Reue tief ist und brennend der Kummer, der das Mark Eures Lebens verzehrt. Ich verzeihe Euch die

Sünde, und eine Stätte ist noch auf Erden, wo Ihr Trost und Stärkung finden könnt — an dem Herzen Eures Vaters."

Die Jünglinge, schüttelten langsam und schwermütig ihre Köpfe.

„Ich bin nicht würdig, an Deiner Brust zu ruhen, mein Vater," sagte Sintram mit bebender dumpfer Stimme; „meine Hand ist nicht wert, die deinige zu fassen, denn sie erschlug den edelsten König auf Erden. Keine Reue vertilgt das Blut von dieser Hand."

„Du erlagst der Versuchung, Sintram," antwortete der greise Vater mit Kraft, „aber Du hast gebüßt, als Du selber die Herrlichkeit von dir abtatest, und die Krone von deinem Haupt nahmst. Dein Glück ist zertrümmert, und die Sünde nicht von dir genommen, Gott aber blickt in Dein Herz und kennt Deine Reue. Er ist barmherzig, und seine. Güte währt ewiglich! Komm an mein Herz, Sohn!"

Laut weinend stürzte Sintram in die geöffneten Arme des Vaters, und ruhte lange an seiner Brust.

Endlich löste Guntram die inbrünstige Umarmung, und wendete sich zu Wolfram, ihn mit gleicher Liebe wie seinen ältesten Sohn zu umfangen.

„Schweig', mein Sohn." sagte er zu ihm, als er den zuckenden Mund zum Reden öffnen wollte, „Schweig'! Lange ehe Du kamst, kannte ich Dein und Sintrams Verbrechen, denn der Dämon unseres Hauses verriet es mir, um mich zu quälen. Tue Buße und sündige jetzt nicht mehr, dann wird Gottes Segen auch auf Dein Haupt hernieder träufeln, und Du wirst ein schöneres Leben haben."

Jetzt wendete sich auch Kattwald zu seinen Brüdern, und umschlang sie mit schmerzlicher, aber heißer Bruderliebe. Dann setzten sich alle nieder an die Tafel in der Halle, und saßen da lange in tiefem Schweigen. Mitleidig ruhte Kattwalds Blick auf den gramvollen Zügen seiner Brüder.

„Sintram und Wolfram," sprach endlich der greise Vater, „was habt ihr vor zu tun?"

„Vater," nahm Sintram mit trübem Ernst das Wort, „schon vor Monaten traf ich mit Wolfram zusammen, und streifte mit ihm durch Wald und Feld. Die Sehnsucht nach der Heimat hatte uns beide hergetrieben, aber eine unüberwindliche Scheu hielt uns ab, die väterliche Burg zu betreten. In dunkeln Nächten saßen wir zusammen in einer einfachen Hütte, die wir aus dürren Ästen zusammengefügt hatten, und berieten über unser künftiges Leben, unser Glück haben wir erschlagen, unsere Hände mit Blut befleckt, den Frieden unsers Herzens zerrissen. Und wer nicht Frieden hat mit sich selbst, der hat auch nicht Frieden mit den Geschöpfen der Erde. Dann beschlossen wir, in der Einsamkeit eines stillen, abgelegenen Klosters unsere Tage zu verbringen, und unser Verbrechen abzubüßen in Reue und Gebet. Wolfram aber will von seinen Schätzen ein Kloster erbauen lassen zur Ehre des Herrn, das weithin leuchten soll. Das hatten wir beschlossen, und harren nur noch Deiner Einwilligung, mein Vater!"

Der alte Guntram beugte sein greises Haupt, und saß lange in tiefem Sinnen. Endlich sprach er: „Ich glaube, Ihr habt Euch richtig entschieden. Die Freuden dieser Welt sind für Euch dahin. Wer dem bösen Dämon folgt, dessen Heil ist zertrümmert, und nur im Jenseits mag es der allmächtige Gott wieder zusammenfügen."

Sintram und Wolfram taten, wie sie gesprochen, und bereuten ihre Sünde lange und kummervolle Jahre hindurch. Als aber Agrael zu ihnen trat und den bitteren Tropfen des Todes auf ihre Zunge träufelte, da wich der Schmerz von ihnen, und ein Lächeln schwebte auf ihrem Antlitz. Es verkündete die Versöhnung mit dem Vater im Himmel.

Ritter Guntram starb hoch betagt und in Frieden. Er hatte das Glück seines jüngsten Sohnes geschaut, der damals den finstern Dämon seines Hauses von sich wies und überwältigte. Ein treues Weib lebte an Kattwalds Seite, und fröhliche Kinder umspielten ihn.

Ihr aber, die diese Geschichte gelesen habt, hütet Euch vor dem bösen Dämon und seiner Versuchung. Er lebt in Eurem Herzen, und wenn er schläft, so weckt ihn nicht. Es ist der Dämon der Sünde, und wird durch unkontrollierte menschliche Leidenschaft an das Tageslicht herauf beschwört. Hütet Euch, sage ich, denn niemals wächst eine heilsame Frucht auf einer Giftstaude.

- Ende -

Weitere Bücher von Alexander Kronenheim:

Die Schlacht bei Fehrbellin

ISBN: 9783734784859

Historischer Roman um den Werdegang eines jungen Mannes aus der Zeit Friedrich Wilhelms (der Große Kurfürst) von seiner Einberufung bis zur Teilnahme an der Entscheidungsschlacht bei Fehrbellin.

Auszug:

Die Zündschnüre waren an die Pulverfässchen gelegt und angezündet, die Flämmchen fraßen sich knisternd die Fäden entlang.

„An die Pferde!" Im Laufschritt liefen die Dragoner an ihre im Schuh eines der kleinen Anwesen stehenden Gäule. Im Galopp ging es auf der Hakenberger Straße dahin; der erste und zweite Zug unter dem Rittmeister der Schwadron schlossen sich an.

„Wir wollen die Belegung von Hakenberg und Linum feststellen", sagte Oberstleutnant Henning. „Führe uns möglichst gegen Sicht gedeckt."

„Jawohl!" erwiderte Jörg.

In diesem Augenblick ertönte ein furchtbarer Knall, gleich darauf ein zweiter, noch schwererer. Eine grelle Stichflamme schlug jäh über dem Rhin hoch! Es war gelungen. Ein zufriedenes Lächeln spielte über die ernsten, strengen Züge des Oberstleutnants Henning.

Die Schwadron bog jetzt von der Straße ab; dicht am Rande des Rhinluches führte sie Jörg im Schutze dichter Rohrwälder hin.

Bald kam Hakenberg in Sicht. Eine rechts herausgegebene Streife unter dem zum Korporal beförderten Wiese stellte einen großen Geschützpark dort fest, der vor dem Dorf auf einem Kleeschlag aufgefahren war.

Weiter im scharfen Trab. Linum tauchte vor den Reitern auf. Der Oberstleutnant vermutete hier die Hauptstellung des Feindes. Der dritte Zug unter Wachtmeister Freese wurde zur Erkundung abgeordnet.

Bunker

Dies ist die Geschichte vom Schicksal eines Wehrmachtbunkers an der Front und seiner Besatzung, welche unter Führung eines entschlossenen Unteroffiziers tapfer die aussichtslose Stellung verteidigt und dabei um das Überleben kämpft. Auszug:

„'raus aus dem Bunker!... Wir besetzen den Laufgraben...

Am Knie vor dem Trichter, vierzig Meter nach rechts, Stellung! . . . Scharf ans Gewehr! . . . Biegler nimmt einen Munitionskasten .."

Den Stahlhelm noch in der Hand, kroch der Unteroffizier zuerst hinaus, hinter ihm der Schütze Scharf mit dem aufgebuckelten Maschinengewehr, und zuletzt Biegler, der den Munitionskasten an sich presste, als ginge er damit tanzen.

ISBN: 9783734784842

Gebückt rannten die drei Leute durch den schmalen Schlauch. An der Knickung warf sich der Unteroffizier hin und winkte Scharf an seine Seite.

Knapp dreihundert Meter vor ihnen, aber noch keine zwanzig Meter über ihnen, kurvte der Flieger, ein Habicht, der noch nicht recht entschlossen ist, von welcher Seite er auf das verdatterte Opfer stoßen muss.

Scharf hatte das Maschinengewehr in Stellung gebracht. Der Unteroffizier saß dahinter, Finger an der Auslösung, den Stahlhelm halb im Genick.

„Wenn der Sauhund bloß einmal wenden würde ...! Ich bekomm' ihn nicht richtig herein ... Ah! Endlich!..."

Das Maschinengewehr bellte los.

Nephoris – Tochter des Cheops

ISBN: 9783734787553

Historischer Roman, welcher zur Zeit des alten Ägyptens spielt. Nephoris, die Tochter des Cheops, soll mit dem König der Nubier zwangsverheiratet werden.

Nephoris lehnt diese Heirat jedoch ab, da sie sich bereits in einen armen Fischer verliebt hat, welcher dafür von Cheops zum Tod verurteilt wurde. Nephoris riskiert alles, um ihre Liebe zu retten...

Auszug:

„Schweig, Weib!" rief der Prinz aus, dessen Zorn seine Augen gelb und sein Gesicht bleich färbt. „Schweig, oder ich werde Dich grausam treffen, indem ich Miri, Deine Schwester vor Deinen Augen martern lassen werde."

„Meine Schwester gleicht dem Wasser des Lebens, das die geheiligten Myrten benetzt; nichts kann sie trüben."

„Nun gut, Soldaten, bemächtigt Euch ihrer. Entkleidet sie; Ihr werdet sie mit schmalen Lederriemen peitschen, bis mich Nephoris um Gnade bittet."

In diesem Augenblick dringt ein Lieutenant Mazaits im vollsten Lauf in den Saal.

„Herr, Herr!" ruft er aus, „Wir bedürfen Deines Armes."

„Bei Diboun, was geht denn vor?" fragte der nubische Feldherr. „Habt Ihr denn noch nicht alle Einwohner von Memphis umgebracht, die es wagen Widerstand zu leisten?"

Marienburg – Kampf und Schicksal

Dieser Historienroman spielt im 15. Jahrhundert und handelt von der tapferen und spannenden deutschen Verteidigung der Marienburg gegen die Übermacht anstürmender polnischer Kriegerhorden. Auszug:

ISBN: 9783734796340

„Galopp!" befahl Heinrich. Alle Trompeter setzten schmetternd mit der Galoppfanfare ein: in stiebendem Rennlauf brachen die feurigen Pferde los, dass die Erde unter ihren Hufen dröhnte. Wie ein Wetter jagte das Geschwader in den Feind. Das erste feindliche Treffen wurde glatt überritten. Wie eine Wiese mit niedergewalzten Halmen, so lag es hinter den Reitern, das Feld besät mit Toten. Verwundeten, Sterbenden, die Luft erfüllt von Schreien und Wehklagen. Bis in die hinterste Reserve der Polen führte Heinrich den Todesritt. „Links schwenkt!" befahl er. Unter der Mauer der ehemaligen Stadt jagte er dahin, die feindliche Stellung völlig aufrollend.

Rom im Untergang Band 1: Eine neue Macht

ISBN: 9783734787911

Historischer Roman zur Zeit Marc Aurels, geschildert aus römischer Sicht und durch die Augen eines germanischen Präfekten. In spannender Weise werden die aufkeimenden Konflikte mit neuen Mächten beschrieben, welche als Auslöser des Untergangs von Roms zu sehen sind. Auszug:

Vom Flaminischen Tor her kamen zwei Krieger des Weges, mit Soldatenstiefeln und dunklen groben Kappenmänteln, wie solche die bei den in den nördlichen Provinzen liegenden Legionen in Gebrauch waren. Obwohl sie der Armee der die Welt beherrschenden Stadt angehörten, war das heiße Italien doch offenbar nicht ihre Heimat. Üppiges blondes Haar fiel ihnen in goldigem Glanz über den breiten Nacken, und den

Melieren schmückte ein dichter Bart; die Sonne hatte ihre Gesichter gebräunt, und der Staub einer langen Reise bedeckte Helme und Mäntel. Von riesenhaftem Wuchs, überragten sie das gewöhnliche römische Volk um einen ganzen Kopf. Sie gingen langsam einher in schwankendem Gang, wie er Reitern eigen ist, schauten aber aufmerksam um sich. Als sie mit dem Zug zusammenstießen, wichen sie bis an den Fußsteig aus, verließen jedoch nicht die Mittelbahn. Einem der Klienten missfiel das, denn er schrie: „Zur Seite, ihr germanischen Hunde!"

Und als diese Aufforderung erfolglos blieb, sprang er hinzu und fasste den jüngeren Krieger am Mantel. „Siehst du denn nicht, wer da kommt?!" Der Germane runzelte die Stirn, wies mit dem Daumen zum Angreifer und sprach zu seinem älteren Begleiter hinter ihm nur das eine Wort: „Hermann!" In seinem Ton lag ein Befehl. Der bärtige Krieger verstand ihn, denn er packte den Schreier und stieß ihn so heftig zurück, dass der römische Bürger mit seinem Schädel das Straßenpflaster berührte. Sofort wurden die beiden Germanen unter Geschrei und heftigen Gebärden umringt.

„Barbaren!"

„Überfallen römische Bürger!"

„Nehmt sie fest!"

So schlug es ihnen entgegen. Und wirklich erschienen Stadtdiener, von denen einer fragte: „Welcher Legion gehört ihr an?" Anstatt zu antworten warf der jüngere Germane seinen Mantel zurück. Ein Silberpanzer wurde sichtbar; um seinen Hals hing eine goldene Kette als Belohnung der Tapferkeit; über seine Hüften war ein farbiges Band geschlungen, das Abzeichen eines hohen Offiziers. „Platz für den Präfekten der Legionen des göttlichen Imperators!" riefen nun die Stadtdiener und senkten ihre in Rutenbündeln steckenden Beile vor dem Barbaren, den sie an seinen Abzeichen als einen ihrer hochstehenden Offiziere erkannten.

Weitere Bücher aus der Reihe: ‚**Rom im Untergang**'

Band 3: Die Rückkehr der Götter
ISBN: 9783734745560

Band 4: Entscheidungsschlacht am Frigidus
ISBN: 9783734791222

Band 5: Aetius – Roms letzter Adler
ISBN: 9783738635034

Band 6: Aetius - Attilas Zorn
ISBN: 9783738635874

Band 7: Aetius - Die Zerstörung Aquileias
ISBN: 9783738635904